INK

文學叢書

042

好個翹課天

郭箏◎著

目次

新版序

郭箏

天底下最尷尬的事，莫過於讓一個創作者重新審視自己以往的作品——或許不是因爲羞於看見從前的青澀或故作老成，而是瞿然發現從前滿腦子對於文字藝術豐沛的熱情與執著。

如今不得不承認，有些東西是會消失的，就像那段再也抓不回來的歲月流光。

作品再度付梓，當然要感謝印刻出版的初安民的慧眼（希望他不是走了眼）。

心中實有太多的感觸，只是欲語無言，還是讓這些作品自己去說話吧。

二〇〇三・六・一六

彈子王

彈子房一開門，阿木就來了。

他一直走向最裡面的檯子。每天打烊前，他都把那根最稱手的桿子藏在底下，次日清晨再狗挖骨頭似地將那寶貝挖出來。

然後他把球擺得端端正正的，手掌、桿頭都細細抹上粉，活像一個即將料理滿漢大餐的大師傅。

他彎下身，伏在球檯上，伏得很低，彷彿他是用他那雙唯有此刻才會爆出火花的眼睛去撞球，而不是用桿子。他打球從來不用力，不像那些非把球撞得劈啪亂響才過癮的傢伙。球都是他的孩子，他用輕柔無比的手，把他們一一送進搖籃。

我常想，阿木如果死了，這些球一定都會哭成一顆顆眼淚形狀的東西，不規則地滿檯打滾撒賴，呼天搶地，而別人再也無法把它們打進洞裡去了。

阿木每天必在這兒早自修一個鐘頭以上，然後他或許會跑下山坡，去學校上課，或許不去。反正不管他上不上課，中午休息時，我和猴子他們幾個一定會繞過軍營，爬上土坡半中腰，在那陰森森的磚頭屋子裡和阿木展開會戰，讓他把我們當豬玀一樣地宰。

下午兩節課，阿木多半會上，規矩兮兮地坐在教室裡打盹兒，養精神，以便放學後可以一直用功到彈子房打烊。

我們始終有點搞不清楚，阿木爲何會瘋成這副德性。剛跨入「信興工專」大門的時候，他甚至不曉得彈子是圓還是方的。我們初次教他架桿，眞是一段難以磨滅的記憶，弄得大家都暴跳如雷，當時任誰也沒想到，這麼笨的傢伙有朝一日竟會變得這麼厲害。

如果撇開彈子不談，像他這種人，世上再多一個就已嫌很多，再少一萬個卻不嫌少——直到如今我們都還這麼認爲，尤其我更覺得如此，因爲阿木簡直是我的累贅。

我眞不明白自己怎會背上這樣奇怪的包袱，奇怪得好像我患了什麼見不得人的毛病，因而我每次看到他那張小媳婦一般的臉，就禁不住火冒三丈。

「明星商專」的那個騷馬子咪咪講得不無道理：「我每次看見他，就想起垃圾桶。」其實，說他猥瑣嘛，稍微過分了點，說他邋遢嘛，倒也不盡然，反正他就是讓人覺得不乾不淨，不像個玩意兒。

他右頰生了塊豬頭皮，雜亂地植著些硬鬃，眼睛非常類似一對走了筆的三角，銳角永遠黏答答地往下垂，嘴唇則如同一根兩端被人拗斷了的木棍，一逕彎彎地淌著苦汁。有時我們正興高采烈地講著笑話，但一發現他在旁邊，再濃厚的笑意也鐵定消失得無影無蹤。

阿木就是這麼個殺風景的東西。認識他，眞是我一輩子的不幸。

那天我費了好大的勁兒，強迫自己去參加信興工專的新生訓練。雖已事隔十幾年，但我仍然很清楚地記得，當我一眼瞧見那個建著公墓也似大牌坊的校門，就很不替自己終於矇上了一所學校而感到高興。

初二那年，班導師把我叫起來，指著我的鼻子說：「你！你是個海狗丸都醫不好的壞胚子！」而我當場放了個響屁，同時預測到自己將來的求學歷程。所以我那天走進信興工專新生群中，觸眼盡二五八萬的時候，一點也不覺得驚訝。

一個菜頭菜腦的教官叫我們依高矮順序排隊，換來一陣「排他媽的隊」，他居然也安之若素。

等到每人都被派上了另一個番號，坐進教室之後，便開始各自編造以往的英雄事蹟。其實誰不明白這都只是鬼打架，但大家依舊編得很起勁。

我和前排的小王、猴子沒兩下就混熟了，然後我才發覺坐在我右手邊的傢伙一直都沒吭聲兒。

我轉過頭去看他，他也楞瞪瞪地看著我，臉上滿布下垂的線條。

我愈瞄他，心裡就愈不舒坦，尤其他居然還穿著國中制服，真菜得叫人忍耐不住，所以我就拱拱他，說：「喂，你換個位子。」語調還算滿客氣的。

他彷彿吃了一驚，眼角稍稍向上一揚，用那混濁得如同泥漿一般的聲音申訴道：「老師叫我坐這裡的啊。」

嘿，小子，我開始有點冒火了。老師大還是我大？我說：「哦，老輸哦？」

猴子他們都笑了，阿木這傢伙卻偏看不出我笑容裡的惡意，反倒理直氣壯起來：「對，老師啊！」

我點了一下頭，不再理他，直等到下課鈴響，我才對他招招手。「你出來。」

他蠢裡蠢氣地跟著我走到大禮堂後面。我問他：「你混那裡的？」

他似乎覺得有點不對，吞吞吐吐地說：「老師……」

我起手就給了他一個大巴掌。「小子，該學點新規矩了。」

他退開兩步，居然搗著臉哭起來，這下可叫我窩囊透了，竟打了一個會哭的王八蛋。

我說：「喂喂喂，哭他媽的哭？」

他還是哭個不停，好像一隻豬在擤鼻涕。我只好不斷地警告他：「你再哭？再哭我就再打！」

他終於不哭了，但是很委屈，嘛著嘴，用手直揉眼睛。

我拍拍他肩膀，告訴他位子不用換了，不過以後別再惹人生氣。

他又小媳婦似地看著我，使我覺得自己好像是個有虐待狂的老太婆。

過沒幾天，一票二年級的痞子下來「新生訓練」，一找就找到我們這個角落。

我們當然沒有理由不出去，我、猴子、小王、老高，不再打招呼，一齊站起來就朝門外走，沒想到，阿木居然也跟在我們後面。

我們在走廊上就和那票雜碎海幹開來，誰教誰規矩？

我在一片混亂中忽然看見一個二年級的傢伙，衝到呆站一旁的阿木面前，把拳頭舉上他鼻尖。「你也是？」

阿木這蠢貨，竟眨了眨眼睛。

那苦頭眞夠他受的。

打完了，我把阿木拉到廁所，洗掉他鼻子上嘴巴旁邊的血跡。我問他：「你幹嘛？他們又沒找你？」

這次他沒哭，只是有點搞不清楚。「我不曉得嘛……」

後來我就叫他跟著我們，雖然猴子他們很反對，總不給他好臉色看。

其實阿木對我們大有用處，因爲他家開雜貨店。起先我還沒因此生出什麼念頭，但有一天猴子跟我說：「你不會叫他每天幹幾包菸給我們抽？」

我想，對呀，怎麼這麼笨？

阿木接到我的指示，第二天就用了一個袋子幹了十幾包長壽到學校來。他把袋子交給我的時候，我竟發現他眼睛裡透出一種諂媚示好的神情，這可使我覺得很不舒服，我罵他：「你幹這麼多幹嘛？想毒死我們是不是？」

他又小媳婦似地看著我，委屈得聲音都化膿了：「你們可以慢慢抽嘛……」

我只拿了兩包，把其餘的都丟還給他，但終於還是加上一句：「以後一天一天地帶。」阿木就又高興了，把偷家裡的東西當成一大樂事。

我從未問他爲什麼老喜歡跟在我們屁股後面跑，我想大概是因爲他不敢做的事，我們都敢做，而且他眞的很希望能有幾個朋友。

據他說，他從小到大連個能講話的人都沒有，獨個兒孤孤單單地上學放學、做功課、睡覺，好像野塚裡的魂魄。他老媽是個非常神經質的老馬子，他一直不願意帶我們去他家，結果有一次我們還是晃去了，他老媽就坐在角落裡的一張小板凳上瞪我們，嘴裡不曉得嘮叨些什麼。雜貨店已經夠小夠亂夠黑了，再加上她坐在那裡直嘀咕，眞教人心頭長疙瘩。

他老頭卻是個不講話的傢伙，一雙眼睛跟阿木一樣混，只有在找錢的時候才會稍微亮一下。

阿木有一次形容自己的家是「瘋鳥住的地方」，那恐怕是他一生中唯一閃現文學天才的時刻。

我們中午都不帶便當，都在學校後面的小野店裡吃，但阿木他媽堅持一塊錢打一百個結的原則，硬是要他帶便當。

猴子他們第二節下課就嚷肚子餓，叫阿木別把便當拿去蒸，給他們當點心吃，然後中午大家再湊錢請他吃飯。結果兩三次之後，便當照舊搶著吃，中午付帳卻推三阻四，還擺起臉色來說：「怎麼老是有人不帶錢？搞屁！」

阿木被他們講得不好意思，雖然便當還是被人吃掉，卻找出種種藉口不跟我們一起吃飯。「象棋社有人請我」、「中午要去實習工廠」，說得跟眞的一樣。

結果有一天我發現他一個人在籃球場上練習投籃，我問他搞什麼鬼？他不好意思地聳聳肩膀。「沒什麼嘛，我正好練鐵胃。」

我把猴子他們罵了一頓，訂出付帳的規則，往後阿木才有中飯可吃。

阿木卻爲這件事慚愧了許久，他一直跟我說：「你何必罵他們嘛……大家都是好朋友……」

我本來想說「他們可不把你當朋友」，但話到嘴邊又嚥了回去，我那時眞的認爲，與其打破這份假象讓他聰明一點，還不如叫他一直笨下去。

飯後的餘興節目多半是打彈子。那年頭彈子風行的程度絕不下於如今的電動玩具，在彈子房幹架也是頂頂時髦的把戲。

阿木第一次聽說我們要去打彈子，臉色居然有點發青。

「打彈子啊？」他囁囁嚅嚅地。「那種地方……學校抓到要記過的吔……」他嘀咕半天，但還是畏畏縮縮地跟我們去了。

彷彿每個專科或私中旁邊都會有個荒荒涼涼的小軍營，我們每天穿著制服到學校上課，固然有點像當兵，但每天來回幾十分鐘的車程，卻又像是到某個三流名勝區去觀光一般。這實在是滿荒唐的事情。

既有軍營，附近照例便有一處專掏阿兵哥口袋的小聚落，七、八間破破爛爛的磚造房子，土地廟似地築在山坡半中腰，上不巴天，下不著地，非要人連滾帶爬才能參拜得到。其中一家賣狗肉，一家賣雜貨，兩家開彈子房，還有一家住著一個圓胖滾滾、滿臉和氣的中年婦女，帶著四、五個孩子，我們過了好久，才搞清楚她竟是這兒唯一的私娼。

阿木一進彈子房門，就尋了個角落死死窩住，尖著屁股在板凳上蹭來蹭去，但他看我們一直都很輕鬆，便也跟著輕鬆起來，瞪大眼睛去瞧別檯的人，有東西從門口晃過也引不起他的慌張了。

「為什麼人家……」走回學校的路上，他忽然皺著眉毛對我說。

「你管人家？」我最討厭他這一點，凡事一點自己的主張都沒有。

他很高興地點著頭說：「對啊，管人家！」以後他就經常跟我們去，坐在旁邊看，或逗隔壁狗肉店的大黃狗玩。

搞久了，他大概覺得很無聊，有一回便也拿起桿子來打。猴子他們嫌他笨，叫他滾遠點，但他還是嘻皮笑臉地亂和，打了幾桿也沒能打進半個球。

我在隔壁的空檯子上教他架桿，卻怎麼教都教不會，猴子他們得空也來指導他，架不對就敲他一下腦袋，折騰半天，他仍然架成一副烏龜爬的鬼樣子，弄得大家火大透了。

他卻興味盎然得很，每次瞄準還一本正經地蹲下身去，把半顆腦袋探出檯緣，眼睛瞇呀瞇的，活像一個從散兵坑中仔細瞄準敵人的神槍手。

猴子趁他在那兒瞄，忽然把球打飛起來，可準，正砸中他的前額。阿木慘叫一聲，抱著頭，可能捱得滿重，眼淚直在眼眶裡打轉。

我們都笑痛了肚子，阿木揉著額角，也陪我們一起笑。不過這一打卻打開了他的竅兒，從此不但天天和我們打，而且進步得比飛還快，不出三個月，就把我們當成兒子一樣痛宰，弄得大家都不願意跟他打。

我們都很奇怪，因為阿木實在不怎麼聰明，神經比別人長一倍，腦細胞又只有別人的一半。功課科科不上四十分不說，每次去看那種爛懸疑片，開演不到十分鐘，大家便已猜著結局了，他卻還在那兒不停嘴地問：「凶手是誰？」

有一回被他搞煩了，明明知道凶手是女主角的情夫，我卻偏說：「是她丈夫。」

結果凶手果然是情夫，阿木很憤慨地說：「沒道理，當然應該是丈夫才對嘛！」還囉哩囉唆地把編劇罵了一頓。

直到臨睡前，我躺在床上抽菸，才忽然想起，阿木可能是因為怕我猜錯了難過，所以才故意那麼說的。

一年級下學期，阿木的名聲已滿播校園，一些高年級的傢伙常常跑來指名要和阿木單挑，而每次他們第一眼看見阿木那副菜相，都免不了小吃一驚，至於大吃一驚，則須等到阿木的桿子在檯面上縱橫掃蕩，野戰八方之時。

「眞不是蓋的。」十分鐘後，他們多半會丟下這句心服口服的評語，把桿子靠上牆壁，一副從此金盆洗手，封刀退隱的模樣。

但阿木卻從不讓他們那麼輕鬆地乘桴浮海，他會指著我說：「這是我的大師傅。」再一指猴子。「這是我的二師傅。」再一指老高。「這是三師傅。」

這一招引起的挫敗感，眞是十分深刻而且狠毒，最起碼可令他們半年之內不在彈子房出沒，但同樣也把我們給害慘了，我們再也不敢在同學多的時候打球，以免露了底兒，天知道我們這些「師傅」仍和半年前一樣蹩腳。

有時我不禁會想，似乎命中早已注定好了，如果你是這塊料，你就遲早會走到這條路上來。

像阿木，他打球從一開始就跟我們不同。一拿起桿子，他臉上所有下垂的線條便全都飛揚起來，我敢說任何馬子在這個時候看到他，都會被他小小地迷住一下。遇到別檯有高手，他一定坐在旁邊細細觀察，然後就在空檯子上試著那樣打，一遍又一遍，毫不厭倦。偶爾他也會停下來認眞思考，好像當年愛因斯坦思考相對論一般。

只有他瞄球的習慣，兀自不改第一天的怪樣，蹲下身去，探出半顆腦袋，瞇瞇眼眨呀眨，實在令人不敢恭維。我們常常笑他說，如再發生一次世界大戰，只需十個像他這樣的人，就能把所有的軍隊都擺平。

「是啊。」他說：「打彈子的樂趣本來就在這裡，瞄準、開槍，把敵人一個一個地消滅掉。」

我不曉得阿木那時的心中有沒有「恨」這件東西，或許他不自覺地把那些球當成猴子、老高他們，還有我，也說不定。不過我寧願相信這只是童年排列兩軍對陣模型遊戲的延伸，因爲他玩得那麼高興，放學後再不跟我們去看電影、泡馬子，他一頭鑽進彈子房，就把自己忘在那裡。找不到別人打，就自己一個人打，左手跟右手比賽。

一天下課，我在校門口碰到他，腳步騰騰的，好像要去迎親。我笑他，如果他吃課本能有打彈子的專心和耐心，將來鐵能搞個哈佛博士。

他很高興地笑著說：「對嘛，其實他媽就是這樣。我要是會吃課本，早就上高中去啦。」

夕陽餘暉灑滿他頭頂，他搓著雙手，走了幾步，又說：「反正一想到彈子……唉，他媽的，眞講不出來……會發抖！……唉，他媽的……」

我很難忘記那天看著他精神抖擻地正對夕陽走去的景象，那一剎那在我腦中占據的空間，恐怕比對整個信興工專的記憶還要多些。

暑假開始的頭兩個禮拜，幾乎看不見阿木的人影。我們懶得去學校附近找他，滿以爲他仍在軍營旁邊客串神槍手。

有一天我們在西門町窮晃，他卻不知打從何處冒了出來，搖頭擺尾的，好像滿愜意。我們問他這些天死到那裡去了，他說他發現了一塊新大陸。

他把我們止在大街上，彷彿哥倫布回稟西班牙王一般地比著手勢，大聲宣稱：「有一種檯子，你們絕對沒看過！」

我們都說狗屁，他便把我們帶到武昌街巷子裡的一家很老舊的彈子房，爬了半天樓梯，每一級都直叫人懷疑有那個鬼會到這兒來打球。但那個檯子確是有的——一個沒有洞的怪檯子，而且只有四顆球，兩紅兩白，活像什麼鳥下的怪蛋。

阿木洋洋得意地說：「怎麼樣？沒騙你們吧？這叫『開侖』，最早的彈子檯就是這樣。」

我們瞻仰民國前的骨董似地圍成一圈，看著阿木把其中一顆白球，用顆星打法彈過來、撞過去，一邊解釋怎樣才算得分，咕嚕半天，也沒誰聽得懂。不過我們大約了解這是一種運用幾何原理及檯緣彈性，以球撞球來得分的打法。

猴子問他是怎麼發現這個怪東西的？

阿木說：「我那天找不到地方打球，全西門町所有的檯子都滿了，結果亂轉亂轉，轉到這家來，又舊又髒又暗麻麻的，燈都沒開。」阿木看看裡面，又看看樓梯口，繼續說道：「我本來也不曉得這是彈子檯，看著好怪。我正要走，一個老頭子卻從裡面走出來，也不說話，拿起桿子，拿出球，就在檯子上打起來。我雖不明白這種球的規矩，卻總知道他打得極好，喝，那個切球，那個打桿，要白球停在那兒就是那兒，一顆星、兩顆星、三顆星，要怎麼彈就怎麼彈。我在旁邊看了半天，才開始懂了——不是懂『開崙』的規矩或計分法，而是整個懂得了撞球！」阿木的眼睛閃閃發亮，好像兩把火。

他一拍檯子。「這——才是眞正的撞球！懂得這個，其他的都不難了！」

猴子最看不得他囂張，馬上用一聲很大的「哼」，把他的氣燄給壓下去。「懂個屁！只看人家打一次就懂了？」

阿木急忙分辯：「才不只一次。我天天來這裡看，已經連看一兩個禮拜了。這裡生意不好，常常就只有我們兩個，一個打，一個看，一直弄到天黑。」

「他每天都一個人打？」多麼不可思議的怪老頭?!「今天他人呢？」我問。

「今天倒沒來。」阿木又望了望樓梯口。

我想，哦，原來如此，難怪這小子今天有空跑出來找我們。

老高其蠢無比地猜道：「他可能是這裡的老闆。」

阿木聳聳肩膀，眼珠子又跟豬油一樣地混起來。「我不曉得，我沒跟他講過話。」

我們幾個面面相覷，想笑卻又笑不出來。

我說：「你在這裡看了他一兩個禮拜，連一句話都沒跟他說過？」

阿木搔搔頭皮，做錯了什麼事似的，眼角、嘴角一起往下搭。「他不說嘛，我也不曉得跟他說什麼……」

猴子嚷道：「你不會問他，這種球要怎麼打、那種球要怎麼打？笨嘛你！」

阿木笑了笑。「光看就懂了，何必問？而且，他如果看我還不太懂，就會把那種球再打一次……」

我說：「他幹嘛？教學生哪？」

「有一點那種味道。」阿木笨笨地說。

我們橫豎沒事，就在那裡等，想看看那個怪老頭兒，阿木則起勁地在那怪檯子上把球彈來彈去。

我們很驚奇地發現他不再蹲下身去瞄球了，而且出桿很輕，輕得像女人洗澡，但球的勁道卻依然斬截沉穩，看來那老頭兒還眞有兩把刷子。

然而我們一直等到天黑，怪老子卻始終沒有露面，我不禁懷疑這是不是阿木那怪腦筋裡的怪幻想。

「騙你我會死！」阿木急得跳腳。

猴子他們已被等待磨光了好奇心，喉管裡冒上來的呵欠更帶著火氣：「反正都是打屁！屁老頭、屁彈子檯、屁你！」

阿木雖被罵得哭喪著臉，仍忍不住要爲這怪檯子辯護：「打這種球，可以教人做球的重要。一眼下去，就看見整盤球，而不只是一顆球；要懂得怎麼架構，預先爲下一球甚至最後一球鋪路。」

他滔滔不絕，毫無笨氣，猴子他們卻連聲叫「屁」，還在他的腦袋上敲了好幾下。

後來我們就經常拿這個來開他玩笑，他每說一句話，我們就問他：「你在架構下一句話嗎？甕肚！」

他拿起一根菸，我們又說：「你在爲下一根菸鋪路嗎？陰險鬼！」

我們一直沒有再去那個黑麻麻的彈子房，當然也始終沒見到那個怪老頭子。不管這是不是阿木編的鬼故事，他的球技確實又高明了一大截，連一絲絲兒的煙火氣都沒了，白球如行雲，檯面如流水，各種色球如繁星墜落銀河，阿木則擁有一枝神仙的杖，一雙慈母的手，揮灑之間，變幻出人世最神奇的魔術。

有三種悲劇最惹人心痛。其一是英雄末路，楚霸王自刎烏江口，唉呀呀，鐵石落淚；其二是美人遲暮，但如今已有蜜絲佛陀可供彌補，自然沖淡了不少傷悲；其三是神仙落難，孫悟空竟被狗咬，啼笑皆非。

阿木一離開彈子檯，便立刻上演起第三種悲劇，他幹什麼都不是。

我們拿課本都沒辦法，所以從不笑他那一攤爛的成績單，但我們實在很難諒解他在女生面前顯露的無能。他只敢偷瞄，萬一不幸被對方逮住了眼，喝，看他那股慌亂勁兒，眞叫我們比他還要臉紅。

我們只帶他出去和了兩、三次馬子，便覺得臉皮已經磨蝕到不容再受損傷的地步，終於決定把他整個剔除在這活動之外，阿木也樂得舉雙手附議，慶幸自己脫離了這非人酷刑。

只有一次他主動提出要求，希望能加入我們打獵的行列，誘因竟來自於那視他爲圾垃桶的咪咪。

或許是因爲咪咪有著特大號彈子一般的奶奶與屁股，我想。

明星商專和我們同一路公車上下學，每次咪咪扭著屁股走過去，阿木就有點魂不守舍，一面發出一聲輕悄顫抖，出自肚底，卻比腸子還要長的「哇——」。

我跟他好好地談過一次，說他絕對絕對罩不住那種騷貨，與其把時間與精子胡裡胡塗地浪費掉，不如去追小娟才是正途。

小娟也是明星商專的學生，長得雖不漂亮卻很有點味道，乖乖的，有時還會露出幾分和阿木一樣的呆氣。

阿木聽是聽了我的話，但沒什麼勁兒，放學後仍舊跑去打彈子；我罵他，他也聽了——他帶著小娟去打彈子，叫她坐在旁邊看。

我問他到底是怎麼啦？他苦著臉說：「不來電嘛，怎麼辦？也想不出什麼地方可以去。」

我又狠狠地罵他，他才搭拉著臉蛋，不好意思地說：「喂，沒錢吶，怎麼帶人家出去玩呢？乾脆算了，免得自己難過，她也覺得沒意思。」

我不知道他腦筋裡想些什麼，這樣的事情竟會導出這樣的結論。

過沒多久，便從咪咪那兒聽到一則正逐漸在「明星」校園中流傳開來的笑話，說是阿木終於請小娟去看電影了，保羅紐曼主演的《江湖浪子》。阿木根本不管誰是誰或演些什麼，只全神貫注地盯著銀幕上的彈子檯。

「這種球只是花招……」「他這球其實打得不對，應該下左『賽』拉桿，白球就……」他不停地對小娟囉哩囉唆，惹得附近觀眾全都發出噓聲，後面那傢伙還重重踹他椅背。

據說小娟著惱得淚灑電影院，從此就春夢了無痕之類。

直到退伍以後，阿木才發現自己有多蠢，好幾次向我提到她。

「鬼迷了。」他說。

不過最後他總會看著自己的手，悶悶搖幾下頭。「還好我沒跟她怎麼樣。」

我很早就發現這世上有許多事情不能一概而論，譬如說，班上有些傢伙光憑五十塊錢就能打發掉一個月，而我們用乘法來乘這個數目卻仍然不夠用。常常要爲錢傷腦筋，眞不是人幹的事兒。

猴子他們終於又把念頭轉到阿木身上，這麼準的桿子若不善加利用，還眞有點暴殄天物的嫌疑。

猴子雖沒當過郎中，但對郎中的伎倆還滿熟悉，花了好幾天工夫向阿木解說人性心理的弱點，阿木好像聽得很懂，不住點頭「唔唔」，其實他自己的心理弱點已先被人家抓中。

首次出擊，大家都滿懷信心，每人出資五十元作爲共同基金，十分保守地訂出進度表，預計在一個月之內把它滾成七位數字。

阿木深感責任重大，一枝接一枝地抽菸，我看著實在不對，警告他說：「等下你打球的時候不准抽菸，人家一眼就看穿了。你曉不曉得你噴出來的煙都在發抖？」

我們在西門町晃了幾圈，好不容易在開封街彈子房相中了一個目標，正是那種自認爲很高桿，口袋大概也頗有幾文冤枉錢的笨蛋。

我們故意在他隔壁檯子上打了幾桿，他就挨過來了。「參一家吧？」很瀟灑的樣子。

我們當然說好，打一桿就退下一個，最後只剩下他跟阿木。

他老氣橫秋地說：「只有你打得還可以。打桿網子吧？」

「我沒什麼錢咧。」阿木搭拉著臉回答，他那天生的窩囊相，能令三歲小孩都想痛宰他一頓。

那傢伙愈發加勁兒催逼：「打少點嘛，一網三十塊，怎麼樣？」

阿木又拖拉了一陣，才勉爲其難地答應了，仍只施出三成功力，一連輸了三桿。

那傢伙食髓知味，要求增加賭注，阿木連說：「不要啦。」那傢伙卻壓著阿木的聲音連說：「來嘛來嘛——」倒好像經常在公園樹蔭底下偷聽到的那種對話。

猴子適時挺身而出，叫阿木把剩下的錢全拿出來，朝計分小姐的桌上一擺。「這樣好了，最後一桿，兩百塊，輸了走路，乾脆點。」

那傢伙大喜過望，乖乖上鉤。

照我們原訂的計畫，阿木這一桿要贏得很驚險，才能讓那傢伙被我們一直釣下去，所以一起手阿木依舊裝得很菜，直到紅球快打光了，才開始玩眞的。

然而，最令我們擔憂的狀況也發生了，我們很清楚地看見，阿木全身都在發抖，拉桿拉不動，推桿推不穩，很好做的球做不到，甚至連該進的球都打不進。

猴子急得在我耳邊直嘀咕：「這個狗養的！這個狗養的！上不了檯盤的王八！」

但阿木實在比那傢伙高出太多，分數仍然一點一點地追回來，追到最後只差五分，檯面上還剩一顆畢恭畢敬坐在洞口的七分黑球。

我們鬆下一口氣，換上另一口氣，正準備歡呼出聲，不料阿木那白癡，一桿竟打歪了，反讓對方把黑球輕鬆補進洞內。

猴子掉頭就走，我們也在那傢伙得意洋洋的「謝啦」聲中，魚貫走出彈子房，阿木當然也拖拖拉拉地跟在後面，一邊伸手到口袋裡掏呀摸的，半天弄出個十塊錢，結結巴巴地說：「共同基金還剩下這些啦？怎麼辦？」

猴子立刻暴跳起來，照準阿木肚子就是一拳，大叫道：「你還來！一人五十塊，你他媽的統統都給我還出來！」

阿木大概頗爲那頓成泡影的七位數字感到遺憾與羞愧，於是覺得這提議相當寬大仁厚，往後幾天便懷著感激涕零的心情，大偷家裡抽屜內的零錢來還債。

他把大家都還完了，最後才還我，我才知道這件事。我朝他那苦答答的臉上狠揍了一下，罵他：「你幹嘛要還錢？誰欠誰什麼？」

他噘著嘴說：「我覺得應該還嘛……」

我說：「既然你認爲還錢是應該的，爲什麼還要瞞著我？」

他說：「我就是怕你打我嘛……」說著說著，居然還笑了起來。

專二那年，我們經常跑去漢口街的「古北」打球，那裡窩著票小混混，他們很欣賞阿木的技術，動不動圍在旁邊看。

阿木起先很緊張，悶著頭打，最多向他們笑一笑而已，後來慢慢混熟了，居然也跟人家小張老王開來。

我跟那些傢伙一直走得不近，但阿木卻逐漸靠攏過去，因爲阿木被他們哄得昏昏的，甚至以教頭自居。

那段時間，我很不喜歡看他打球，有事沒事盡使些花稍手法去換取人家的掌聲。他似乎愈來愈搞不清楚彈子應該是怎麼個打法，更搞不清楚自己在幹什麼了。

猴子他們因他有了靠山，再也不敢對他人五人六的，有時還露出巴結的神氣，這就更使我不由得火冒三丈。

有一天，我們去學校附近的小店吃飯，阿木居然找起老闆的碴兒，還摔他的盤子。走出店後，我說：「阿木，你屌起來了嘛？屌也不看人，欺負小生意人算什麼？」

阿木竟用指頭比著我。「你少廢話，要不然我叫他們扁你。」

他其實是在開玩笑，但我不當他開玩笑，我把他抓到小廟後面，痛打了一頓。他起初還有點想還手，但後來就一直抱著頭讓我打。

打完了，我說：「阿木，你做什麼都不像樣，連混都沒個混的樣子。」

阿木噘著嘴，點點頭，卻沒哭了。

我找了張廢報紙把他臉上的血擦乾淨，一齊往回走。

他忽然樂起來，拉著我的胳膊。「鬼迷了，他媽的！」

我們互相拍拍肩膀。不過他還是有一搭沒一搭地跟那些傢伙鬼混。

學期末了之前，操行分數不及格的黑名單就已先被打探出來，我、猴子、老高都高掛榜上，阿木居然也列名其中，他一定覺得很窩囊，不像咱們轟轟烈烈的三個大過記滿，而僅是小孩子的把戲——曠課過多而已。

對我們而言，記過實在太容易了一點。「罵一句幹你娘，就要被記一個大過，這種鬼學校還上它個屁！」猴子的最後一個大過便是這樣得來的：他跟同學開玩笑，亂罵三字經，被教官聽到了，教官問他：「你剛才說什麼？」猴子說：「沒有哇！」「你有！」「沒有嘛！」「你再說一遍，沒關係！」「你眞的要我說？」「你說！」「幹你娘！」

「退學就退學，反正已經幹過他娘了。」猴子的論點深獲大家同意，誰也沒把它當回事兒。將近一個禮拜的時間，我們結夥四處遊蕩，在大家都滾進教室之後，公然列隊巡行校園每個角落，故意走過教官面前，跟日本人一樣「進出」訓導處、教務處，好奇地傾聽對我們已無限制的上下課鈴，高興就把頭伸入教室，吼道：「某某某，滾出來熏草，上什麼課？」

那眞是我們的黃金假期！

大家心底或多或少都有些茫然，卻沒人說出來，以免破壞了這類似盛宴的氣氛，只有阿木乾巴巴地說過一次：「我老爸老媽不跳起來才怪！」

期末考當天，我們在導師死勸活拉之下，勉強走進考場，爲了「萬一」轉到別的專科以後的學分而努力。

猴子問：「別的工專也要念國文哪？不是換一個國家就要換一種語言嗎？」

導師只有乾笑的份兒。

每堂考試我們都第一個交卷，好像金聖嘆批《水滸》一般，大筆亂揮幾揮就算了帳，然後跑去坐在禮堂外面，欣賞那堆兀自悶在蒸籠內的苦瓜。

老高和英文老師素有過節，偏偏英文考得最久，我們從窗口看著他埋首試卷，謹愼其事地一筆一畫，都覺得有點不可思議。

等他好不容易交卷出來，問他在裡面幹什麼鳥，他笑著說：「我在畫烏龜。」

猴子說：「畫烏龜也不用這麼久嘛？」

老高說：「本來只想畫一隻大的，後來覺得不過癮，又添了十幾隻小的。」

我們笑得眼淚直流。我說如果每天上學都能像這樣，上一輩子的學也沒關係。

老高說：「是嘛，這些開學店的人沒腦袋，賺我們一輩子的學費不是很好？」

猴子哼了一聲。「東西學不到，樂也不讓我們樂一下，眞是他媽的，花錢買罪受！」我說這就是教育，教育就是要讓你難受，從你老子把你按在馬桶上大便開始，你就注定了要難受到死爲止。

老高嘆口氣說：「人非要學這學那的，眞煩！」想了一下，又說：「只有阿木倒好，起碼在這鬼地方學了一手好彈子。」

阿木灰著臉，憋了半天，終於冒出一句我們作夢也想不到的話：「彈子？彈子有個什麼屁用？」

我們一直坐在花壇邊上，坐到所有人都考完試走光了，太陽斜斜地照下來，把我們這一排十幾條影子全掀翻到地下。沒有人說話，我不知道那一刻大家的心裡都在想些什麼，不過我倒是很清楚地記得自己當時心中唯一的念頭——好日子過完了。

阿木頭垂在胸前，忽然低聲對我說：「本來我是考上高中了的，但是我想，將來鐵考不上大學，上高中又有什麼用？所以才跑來讀五專，沒想到……他媽的！」

我被他弄得很不舒服，罵他：「又沒有要死人，擺出這副死嘴臉幹什麼？」

阿木看了我一眼，神情就跟我第一次打他的時候一樣。

我們坐上公車，又都高興起來，爭議著先看電影或先泡馬子。我突然發現阿木不在車上，猛一扭頭，只見他仍舊站在校門口，迅速隱退於車後的黑暗之中。

有一剎那，我竟以爲自己再也見不到他了。

時光像迸碎了一般，這邊一片，那邊一塊，打工、轉學、再被退學、再打工、入伍、退伍……。

沒有主軸，亦乏脈絡。這樣的日子令我厭倦。

退伍那天，我對自己說：「好吧，你就是這麼塊爛料，趁早爲自己存點棺材本吧。」

我找到一份修理汽車的差事，甘心地在機件黑油裡打滾。我經常會想起阿木，卻一直沒去找他。我不願意讓他看見我這副落魄相，而我更怕看見他混得比我還糟。

結果，仍然聽到了無法用「糟」字形容的消息。

他退伍之後，還是跟那些傢伙混在一起。有一次他們跑去保安街逛，阿木走在最前面，東看西看，後面的人和地頭蛇鬧開了，他也不知道。搞到最後，人家都跑了，他卻還傻楞楞地站在那裡。

一個痞子掄起三花武士對準他頂門劈下來，他叉起雙手一擋，兩隻手掌就都被砍掉了。

我去醫院看他，一進病房就瞥著他那張苦答答的臉，一雙纏著紗布的手腕伸在被單外面。

我說：「阿木，好不好玩?」

他跟從前一樣很委屈地說：「沒想到嘛……」

我說：「你活該，交友不慎。」

我猜他知道我這話指的是我自己，但他卻故意一搖頭，乾澀澀地看著我，說：「唉，別提了，那些鬼東西……」

傷好之後，阿木就不再跑出去鬼混，大部分時間都待在雜貨店裡，用兩隻光禿禿、末端略顯尖細的手腕，替日益年老的雙親照料店務。

我反倒不好意思不去看他了，偶爾幫他做一些他做不來的過細事兒。

一個沒有風的晚上，我們悶在店裡，阿木忽然提議：「打彈子去吧？」

我嚇了一跳。「怎麼打？」

阿木皮笑肉不笑地牽牽嘴角。「打打看嘛。」

直到拿起桿子，我才知道他早已練習過很多次了，兩隻手腕夾著桿尾，桿子的前半截倚架在檯緣邊上，雖不免滑來滑去，但有幾個球仍然打得相當漂亮。

阿木笑著說：「㑚！再過幾個月，就又可以把你當兒子宰了。」

那笑容很快就變了形，冰凍在臉頰肌肉和神經的尾端。阿木用力亂戳白球，使滿檯子的色球瘋狂奔跑起來，好像他正在追殺一群仇人一般。

我說：「別打了吧，阿木。」

我眞希望他永遠別再去碰球桿，但他後來還是常常獨自練習，每次都引來一堆人在旁觀看，邊發出蠢笨的驚異之聲，弄得他很煩，人一多他就不打，盡量避開熱鬧的地方。

他打球時，眼睛再也不會亮晶晶地閃動，卻只透出一種拚命的神氣，把球打得「劈啪」響，聲音像極了骨骼遽然崩裂的那一剎那。

想不到竟會和阿木回到信興工專旁邊的兵營去打球，更想不到那個角落竟還是十年前的老樣子。磚屋陰森依舊、灰敗依舊，雜貨店亂擺著連蟑螂都懶得吃的零食，只有狗肉店的那個老殺胚，殺狗殺得眼睛更斜了一點。我懷疑他用來吊狗的繩子還是十年前用的那一根。

我們打了幾桿，阿木瞟著麻花一樣扭曲的桿頭，苦笑著說：「世界上好像總有些地方永遠都不會變。」

他望向山腳下寂靜荒涼的小兵營，沉默了半天，忽又說：「眞希望什麼都沒有變。」

我說別他媽了吧，不想打球就去喝酒，囉唆一些廢話幹什麼？

阿木轉過頭來，凶狠地瞪著我。「你也不是什麼東西！從前你不可一世，現在呢，還不是個跟我一樣的癟三？」

我首度感受到阿木濃濃的敵意，卻並沒覺得意外。我說：「沒錯，我也什麼都不會，只會打你，和教你打彈子。」

阿木笑了起來，做了個很難看的手勢。「你的彈子，哼！」

吃狗肉的時候，他又不開心了，轉動著盛狗鞭酒的杯子，悶悶地說：「那天咪咪告訴我，猴子在一家貿易公司當經理……」

我說：「你管他在幹什麼？」

他說：「那種東西，他媽的，怎麼反而混得出名堂？」

我被他搞得有點毛了，眞想跟從前一樣賞他幾個拳頭。我說：「你別管人家怎麼樣，就是這樣！別他媽管人家怎麼樣！」

一個多禮拜前，他在路上碰見咪咪，還是一副騷包相，當街一把扯著他大霹小唬，問他還有沒有打彈子？

阿木說「有」，又把兩隻手伸給她看，她卻更興奮了。

原來她在一家撞球俱樂部當副理，每個月要安排一場高水準的球賽給會員觀摩欣賞。俱樂部本身聘有一位國手級的教練，外面請來的高手若能勝過他，便有五萬塊彩金可拿。

「你來嘛，你來嘛，打『九球』，九戰五勝。」咪咪慫恿著說。「輸了也有車馬費給你。」

阿木嚥下一口狗鞭酒，臉也拉得跟狗鞭一樣長。「她把我當成馬戲團的猴子哩。大家來看，本世紀最精采的餘興節目，沒有手掌的人打彈子！」

我說不高興就不要去，那些會員只要看咪咪扭屁股，就已經很過癮了。

阿木冷笑起來。「她帶我到他們的俱樂部，你猜怎麼著，一個檯子一個房間，而且還鋪地毯，有沙發、有電話，還可以把咖啡、西餐叫進來吃。我他媽的！我們那想得到會有這種彈子房？」

我望了隔壁一眼，剛才丟下的麻花般的桿子，兀自躺在縫縫補補的檯布上學蛇睡覺。

「差不多嘛。」我說，其實也嚇了一跳。「時代不同了嘛。」除了這些，還有什麼別的解釋？

「眞的喔。」阿木現出困惑的表情。「現在還有國手了咧，上電視，出國比賽，眞怪！我們那時候就被抓到打彈子，卻要記過、上少條館。他媽的眞怪！」一股茫無頭緒的氣憤冒上他紅通通的狗鞭酒臉，似乎連那筆廢掉了他半輩子的爛帳都一齊翻了上來。

「眞怪……」喃喃說著，終於無所著力地搖了搖頭。

我陪他練習到傍晚，才搭公車趕去「好桿俱樂部」，一下到地下室，咪咪就迎了出來，彷彿一朵交際花或什麼的，拉著一臉冷淡而又周到的鬼樣子。「歡迎光臨。嗨，好久不見。」

我沒答她那下半截話兒，只顧往裡走，冷不防她暗地裡戳我一下，低聲道：「我肏！還是那副老嘴臉，一點都沒變嘛！」

大廳裡塞了不少人，都是些寧願打五塊錢一分鐘彈子的怪物。

咪咪走到中央，加油添醋地介紹阿木的經歷，大家聽得半信半疑，我卻聽得雞皮疙瘩直掉，阿木則忙著挑桿子，一個經理模樣的人走過去想跟他握手，但馬上就發覺了自己的愚蠢，連忙拍拍他的肩膀了事。

阿木挑好桿子，半話不說，走到檯子旁邊，眼睛垂著，只盯住球看，鬧得那「護場子」的國手也客套不起來，只好拉開架式。

我對阿木並沒有多大信心，不管他最近練得多麼勤快，比起從前畢竟還是差得太遠了。但他一起手的氣勢卻眞壯，氣勢壯而出手輕，一瞬間我又看見了他當年顚峰時期的模樣，沒兩下就把九號球幹進袋裡，先拔頭籌，也贏得了滿廳的驚異掌聲。

咪咪挨到我身邊，眼望阿木，笑著說：「眞想不到，還能打得這麼準。」

我說打球是七成打氣勢，只有三成打技術而已。

咪咪說：「我知道啊，可是阿木從前就是沒有氣勢嘛。」

我笑了笑，沒講話。

咪咪忽又說：「他有沒有告訴你，他那天在街上碰見小娟的事？」

我說沒有。

咪咪說：「小娟已經有兩個孩子了。那天阿木來我這裡，一副很喪氣的樣子，唉，眞是……」

我說：「別管他。」

咪咪看了我一眼，問說：「你呢？混得怎麼樣？」

我說不怎麼樣。

咪咪又嘆口氣。「你們兩個都是一副彆扭脾氣。」頓了頓，猶豫了一會兒，又說：「你們應該……」

我說：「應該什麼？」

她說：「靈光點嘛。」又馬上聳聳肩膀。「唉，沒有啦，我剛剛放了一個屁。」

在這幾句話的時間裡，阿木又連贏了兩盤，咪咪可有點發急了。「喂喂喂，他玩眞的呀？我們要賠五萬塊的吔，開玩笑！」

我忍不住大笑起來，我說：「算盤打歪了吧！想玩馬戲團？很貴的咧！」

咪咪分辯道：「最起碼也要給他的對手留一點面子嘛！」

我說：「他從前對妳很有意思，妳去跟他拋個媚眼，讓他摸摸屁股，他說不定會聽妳的。」

咪咪果眞在阿木贏了第四盤的空檔，跑去跟他嘀嘀咕咕了一番。

阿木依舊眼睛垂著，望著彈子檯，也不點頭也不搖頭，根本不知聽到她說的話沒有。

第五盤一開打，阿木依舊神準無比，咪咪無可奈何地搖搖頭，偷偷對我做了個很不堪的手勢。

我看見那個經理模樣的傢伙匆匆走入辦公室，拿了一疊鈔票出來，阿木已經打到八號球了。

經理把鈔票放在檯邊，率先鼓掌，其他人也跟著「劈劈啪啪」地亂拍，阿木卻連眼睛都不眨一下，輕輕穩穩地把九號球打進洞內。

我走過去，幫他把鈔票搋了，掉頭就往外走。

咪咪追過來說：「急什麼？坐一坐再走嘛？」

我說坐不起吔。阿木也說：「下次人少的時候再來好了。」

我們爬上樓梯，走到門口，只聽見咪咪在底下大嚷：「喂，阿木，你眞是他媽的！」然後，也不知在樂些什麼，獨自嘻嘻哈哈地笑起來。

冬天冷雨滴滴滴地掉在我們脖子上，我們拐進忠孝東路的人堆裡，我說：「阿木，終於高了。」

他笑了笑。「唉呀，彈子而已嘛，彈子就是彈子嘛。」

我問他還記不記得那年當郎中的事？「那時能有這麼穩就好嘍。」

阿木看看我。「還是你剛才說對了，管人家怎麼樣？根本不要管！管他媽的喔！」

他先陪我搭上公車，又在下面叫著說：「明天再去吃狗肉。」

我建議他倒可以去嘗嘗咪咪的屁股肉。

阿木笑起來，對我揮了揮手。

車開了，我向後望著他縮起脖子，晃著兩隻禿手腕，混在人堆裡慢慢往前移動。我驀地想起那年夏天，在校門口看見他腳步騰騰地正對夕陽走去的景象。

那個閃著金光，神采飛揚的人影在我眼簾上跳躍了好一會兒，我才忽然發覺，那已是好久好久以前的事了。

狼行千里

許木財的貨車在十字路口苦熬了十幾分鐘，忽然一個年輕人拉開車門竄了進來。

「塞車塞得夠凶。」年輕人說。「又是這種天氣，眞能把人搞得冒火。」

「喂，少年仔，你幹什麼？」許木財說。

「別急，下一個紅綠燈就輪到我們了。」年輕人笑了笑。「好不容易，是不是？」

「喂，幹你老母，你給我滾下去。」

年輕人右手插在薄外套的口袋裡。「老哥，你最好放聰明點，腦筋轉不過來的人就跟死人一樣。」

許木財瞪著他。

年輕人蹺起腳，望著前面。

「你想幹什麼？」

年輕人往前指了指。「該我們了。」

許木財的貨車終於開過十字路口，兩名交通警察站在那兒吹哨子。

「你不想跟他們打招呼吧？」年輕人說。「司機都不喜歡警察。」

「你到底想怎麼樣？」

「台北的路你熟不熟？」

「我一直都在這裡送貨。」

「台灣的路你熟不熟？」

「那要看地方。」

「你是個好司機。」年輕人說。「先到復興北路『天龍大廈』。」

許木財在下一個路口左轉。

「少年仔，我不吃這一套。」許木財說。「你不要跟我來這套。」

「你說得沒錯，我不跟你來這套。」

許木財沉默了一會兒，直直望著前方道路。「希望不要再碰到塞車。」

「這可由不得我們。這種狗養的交通。」年輕人說。「但是不急，我一點都不急。」他伸了個懶腰。「你急嗎，老哥？」

「我也不急。」許木財說。

「你是個好司機。你送什麼貨？」

「什麼貨都送。車子是我自己的，人家叫我送東西，我就送東西。」

「這樣很好。」年輕人說。「眞他媽的好。」

年輕人不說話的時候，嘴唇閉得很緊。他的臉色有些蒼白，很濃的眉毛壓在眼睛上面。

許木財把車子開到年輕人指定的地方。

「你應該有捆貨的繩子吧？」年輕人問。

「在後面。」

「去拿一截來。」

年輕人推開車門，先下了車，右手仍插在口袋裡。「你也從這邊下來。」

許木財爬過座椅，跳到地面，慢慢走向車後。年輕人緊緊盯住他。許木財從載貨平台上隨便抽了根繩子，又從右邊車門爬回駕駛座。

年輕人反綁他的雙手，再用車子擦玻璃的毛巾堵住嘴，將他按到駕駛座下，繩子另一端固定在座椅腳上。

「老哥，乖一點，十分鐘就回來。」

許木財躺在車底，頭正好頂著方向盤，動都不能動。

不到十分鐘，年輕人果然回來了，解開他的捆綁。「好，現在我們去台中。」

「喂，我不管你幹什麼，但你要我幹什麼？」許木財說。「你可以隨便找別的人。」

「你是個好司機。我們去台中。」年輕人說。

許木財把車子開上高速公路。太陽很大，一片燙。

「我喜歡坐貨車，坐得高看得遠，比那些矮爬爬的車子舒服多了。」年輕人扭開收音機。

「你一定很喜歡開貨車，對不對？」

「只是賺錢。」

「你喜歡開貨車，但你應該想想別的事。」年輕人說。「你聽聽這些電台主持人的話，他們一天到晚都在講些人生的大道理。」年輕人癟著嘴唇，裝出女人的腔調。「朋友們，只有經過辛勤的耕耘，才有甜美的收穫。朋友們，生命是美好的，您說是不是呢？我常想，人生好像是一道彩虹，讓我們一起爬上彩虹。爬他媽的屄！」年輕人踢了收音機一腳。「狗養的廢話！」

許木財說：「你可以轉到沒有主持人說話的節目。」

「你是個好司機。你開你的車，我沒跟你講話。」

年輕人蹺起腳，望著窗外，再也不開口。

車子在造橋收費站又塞住了。大小車輛綿延一、兩公里，排成幾列，每隔二十秒至二十五秒才稍微向前移動一下。

年輕人說：「眞好，我如果是你，每天一定睡得飽飽的。」

「有時候跑長途，我眞的一路睡回來，也不知道是怎麼開的。」

「你是個好司機。狗養的好司機。」

「這沒辦法。」

「沒錯，大家都沒辦法。」貨車慢慢挨過收費站。

「前面大概有車禍。」許木財說。「最好聽聽路況報導。」

許木財轉動收音機頻道。「本台消息，台北市今天上午發生一起槍擊命案……」

「我不喜歡新聞。」年輕人撥掉他的手，轉開頻道。「雖然新聞不跟你講狗養的廢話。每天都有些稀奇古怪的事，但這與我有何相干？這是另外一種廢話，雖然不是狗養的廢話。」

「奇怪，沒看到有車禍，爲什麼塞成這樣？」許木財說。

「也許有條狗養的死狗死在路中間。你永遠猜不著爲什麼會塞車。」

許木財默默開了一段，忽然說：「老大，我不知道你幹了什麼，我也沒見過你，我說不出你的長相，我根本不知道你是誰，不管什麼人問我，我都是這樣回答，好不好？你要車子，車子送給你，好不好？放我走，我不知道你是誰。」

年輕人笑了起來。「如果我會開車，根本就用不著你，懂不懂？」

許木財隔了很久才說：「我懂。」

貨車開到台中，將近下午一點。年輕人用許木財的錢買了兩個便當。

「你要雞腿還是魚排？」

「隨便。」許木財說。

「我討厭魚排，但我猜你喜歡吃討厭的魚排。」

年輕人吃得很快但很仔細，把雞腿上的肉啃得精光。

「本來應該我請你，可是我沒錢。」年輕人說：「你知道我爲什麼沒錢嗎？」

「我不知道。」

「我用光了。」

「我想大概也是這樣。」許木財說。

「我不要再聽這狗養的收音機了。你有沒有帶子？」

「在抽屜裡。」

「這叫抽屜嗎？」年輕人打開置物箱。「怎麼都是日本歌？你喜歡聽日本歌嗎？」

「只是聽聽而已。」

「狗養的才聽日本歌。」年輕人望著許木財。「你是狗養的嗎？」

「我不是。」許木財說。

年輕人把錄音帶全部丟到車外。

「唉。」許木財說。

「你唉什麼？」

「老大，我有兩個小孩，兩個，一男一女，女的十一歲，男的七歲……」

「你是個好爸爸。你喜歡幹你老婆嗎？」

「不太喜歡。幹多了沒意思。」

「同一個女人，我從沒幹過十次以上。」

「老大，我有老婆有孩子。」

「我兩樣都沒有。」年輕人把吃完的空便當盒扔出車窗。「現在我們去雙十路。」

許木財依指示而行，不久開入一條小巷。年輕人在經過一家「休閒中心」的時候，低頭向內望了望，然後叫許木財靠邊停車，跟前一次一樣，把他捆綁妥當。

年輕人說：「這次會更快。」他下車去了。

許木財聽著他的腳步聲走遠，忍不住哭了出來。

一輛車從旁邊駛過，按了兩下喇叭。車內火熱。

許木財微仰起頭，」年輕人已拉開車門坐回座位。

「你聽見了嗎？」年輕人盯著他的臉說。

「我什麼也沒聽見。」

年輕人解開繩子。「那你哭什麼？」

「我是個狗養的愛哭鬼。」

年輕人笑了笑。「你可以當個好捕手。」

許木財擦掉眼淚。「現在我們要去那裡？」

「柳營。」

許木財又把車子開上高速公路。

「眞無聊。」年輕人望著窗外。「連看都沒東西好看。」

「高速公路都是這樣。」

「你出過國嗎？」

「沒有，但我看過那些東西。」

「我曾經有個女人。她有部紅色跑車。有一次她載我環島，跑了五、六天，那時我就在想，萬一將來犯了案，後面有警察在追，他們永遠抓不到我，你知不知道爲什麼？」

「我不知道。」

「我一直繞著台灣跑，警察就一直在後面追，我們就一直繞圈子，繞上幾百圈。」年輕人大笑起來。「一直繞，一直繞，要跑的永遠跑不掉，要追的永遠追不到，這就是島的好處。」

年輕人笑得嗆住了。

許木財默默開著車。

年輕人不笑了，忽然說：「你知不知道台灣爲什麼沒有狼？」

「我不知道。」

「因爲狼不兜圈子。狼都是跑直的，所以牠不活在兜圈子的島上。」

許木財望著前方路面，過了一會兒才說：「我們不回來了嗎？」

年輕人把臉轉向窗外。

貨車駛下交流道時，大約下午三點半。

「那邊有個小妞。」年輕人說。

女孩推著摩托車走在路邊。

年輕人叫許木財靠近，探頭出窗。「怎麼樣，車子壞了嗎？」

女孩望了望年輕人，笑出一嘴牙齒。「對呀，你知不知道那裡有修車行？」

「妳如果要推過去，那可有得推了。我帶妳過去吧。」

年輕人讓女孩坐在自己與許木財之間，才走沒兩分鐘，年輕人的手便放在女孩的大腿上。

女孩把屁股挪了挪。「我看到了，那邊有一家修車行，我就在這裡下好了。」

「妳那裡也不能下。」年輕人說。

女孩望著許木財。「你能不能停一下？」

許木財說：「妳最好聽他的話。」

「他是個好司機。」年輕人說。「所以妳應該聽他的話來聽我的話。」

「但是我要下車。」女孩說。

「閉上妳的嘴巴。」年輕人的手伸入她的短裙底下。女孩尖叫起來，一直往旁邊躲，許木財把她推回年輕人的座位。

「妳不要擠我開車。」許木財說。「弄她沒意思，她說不定還沒起毛。」

「他說妳毛還沒長齊，對不對？」年輕人的手愈伸愈進去。

女孩哭著說：「你們會被抓去坐牢的。」

「妳爲什麼要上車呢？」許木財說。「爲什麼人家一叫妳就上車呢？我的大女兒比妳小幾歲，她要是也像妳這麼幹，我一定打斷她的腿。我每隔幾天就警告她一次，女孩子的行爲一定不能隨便，如果她想變成一條母狗，我一定打斷她的腿。如果她讓我知道她隨隨便便就上人家的車子，那她碰到什麼事情都是活該。」

「我忘了告訴妳，他也是個好爸爸。」年輕人說。「妳應該多聽他的話，不要跟他的女兒一樣惹他生氣。」

「我沒生我女兒的氣，我女兒才不像她。」許木財說。

「但她不聽你的話，對不對？」

「我有一天會打斷她的腿。」許木財說。「但她不會變成一條母狗。」

「我不是母狗。」女孩哭著抗議。「我只是搭個便車而已。」

「她如果不想好好做人，我乾脆就把她趕出去。」

「沒錯。」年輕人說。「女孩子的管教最傷腦筋。妳被男人搞過沒有？」

女孩只顧抽泣。

「如果妳被搞過了，我就要搞妳；如果妳沒被搞過，我就放妳下車。」

女孩嘴唇稍微動了動，但仍然沒說話。

「我猜她被搞過了。」年輕人說。

「一定被搞過了。」許木財說。「她是條母狗。」

「對極了，我有必要搞一條母狗嗎？」

年輕人吩咐許木財停車，把女孩放了下去。

許木財繼續前行，望了望照後鏡。「你想她會報警嗎？」

「管她。」

「女人是掃把星。」許木財說。「碰上她們就會倒楣。」

年輕人說：「你太老式了。」

「我不認爲有什麼不好。新式的人我看不慣。」

「你總是對的，老哥。」

「她會去報警，那個三八囝仔。」

許木財把車開到年輕人要到的地方，一大片低矮平房。

年輕人又把許木財綁起來。「很對不起，這是最後一次，忍耐點。」

「我沒有問題。」許木財說。

年輕人這回去得比較久。回來時搖著頭。「老哥，你眞是鐵口，果然倒了楣，沒找到人。」

年輕人放開許木財，坐在那兒想了半天。「去旗津試試。」

貨車開到旗津，天色已暗了下來。

「要不要先吃晚飯？」許木財問。

「也好，你去買。」

許木財把車子停在路邊的海鮮攤前，望了望年輕人，然後推門走下去。年輕人坐在車內看著他。

許木財叫了兩份海鮮炒麵，一份鹽酥蝦。「你還要吃什麼嗎？」他回過頭來問。

「夠了。」

「啤酒要麼？」

「我不喝酒。」

許木財上車往前開了幾百公尺，停在一塊空地旁邊。「你會不會想你的小孩？」

「有時候會。」許木財說。「但有時候眞希望沒有他們。」

「我受不了小孩。」年輕人說。「現在的年輕人都受不了小孩。」

「其實從前的年輕人也一樣受不了小孩。」

年輕人想了想。「有理。」

兩人吃完晚飯，重又上路。年輕人記不清楚路徑，繞了很久，將近晚上九點才找到對方。

年輕人說：「我不綁你了。剛才說過那是最後一次，你要跑就跑吧，不過我很快就會出來。」

「我不跑。」許木財說。「反正都是一樣。」

年輕人下了車，站在窗外望了許木財一會兒，然後走入一條小巷。

許木財也下了車，站在車邊。沿街的住戶傳出電視的聲音。許木財又站了一下，坐回車內，打開收音機，但馬上又關起來。

巷內遠遠傳來幾聲尖叫，又好像是尖笑。許木財探出頭去，聲音沒了，只剩下沿街的電視聲。

年輕人慢慢從巷內走出來。許木財開門讓他上車。

年輕人坐回座位，不說話，只是瞪著對方。

「去那裡？」許木財問。

年輕人又瞪了他一陣子。「回台北。」

許木財說：「警察可能早就在那裡等你了，往南走可能好一點。」

「不，我不兜圈子。」年輕人說。

「要跑的永遠跑不掉……」

「要追的永遠追不到。」年輕人搖了搖頭。「這是狗養的廢話。」

許木財駛動車子。「如果你一定要往台北走，所有的話都是廢話。」

「他們抓不到我的。」年輕人望著窗外。「你想不想知道怎麼回事？」

許木財聳聳肩膀。

「我幹掉了三個人。」年輕人又笑了笑。「你是個好司機。我可以好好睡一覺。」

許木財默默開著車，年輕人閉起眼睛打盹兒。

貨車上到高速公路，速度加快起來，風往裡灌，許木財把車窗搖上一半。

「你兒子會不會很皮？」年輕人依舊閉著眼睛，忽然問道。

「他媽媽管不了他。」

「你要小心點，男孩子的管教其實更傷腦筋。」

「我有一天也會打斷他的腿，但我大概不會把他趕出去。」

「你眞老式。」年輕人睜開雙眼。「我老子從前幹過警察。我老媽也管不了我。」

「眞痲煩。」許木財說。

「不錯，眞痲煩。」年輕人又合上了眼皮。

剛過午夜兩點，貨車來到泰山收費站。遠遠望見幾輛警車橫在站前，站頂的黃色燈光照亮了半邊天空。

許木財放慢速度，瞟著左手的照後鏡。「現在掉頭還來得及跑。」

「你就在這裡停。」年輕人慢慢坐直身體。

「要跑還來得及。」許木財大聲說。

「你停。」

許木財在距離收費站大約還有三、四百公尺的地方，把車停靠路肩。前面的警察統統望過來。

「他們抓不到我的。」年輕人下了車，伸個懶腰，右手仍然插在口袋裡。他在車邊站了一下。「還不知道你姓什麼，老哥。」

「我姓許，言午許。」

「好，許老哥，謝謝你載我一程。」年輕人往前走了幾步，又回過頭。「許老哥，問你一個問題：鬼是冷的還是熱的？」

許木財想了想。「應該是冷的吧。死人是冷的。」

年輕人笑了起來。「好像沒人搞得清楚，狗養的死人和鬼並不一樣。」

「是不一樣。」許木財說。

年輕人手插在口袋裡，走向黃色的燈光和黃色燈光下的警察。

許木財坐在駕駛座上看著他。

偷心賊

街上擠得不得了。

新竹的光復路一到下班時間，就變成台灣血脈中最腫脹的毒瘤之一。

梁宛玉把雙手插在牛仔褲的口袋裡，在路邊遊蕩，逐一評鑑停在道路兩旁的車輛。

她生著一雙活潑的大眼睛，一身牛仔裝所顯露出的灑脫有些刻意，而路人往往會因那雙緊緊包裹著的美腿，而忽略了這身衣服起碼承載了兩個禮拜以上的塵土。

梁宛玉最後停下在一部紅色雙門跑車旁邊，前前後後瀏覽了一轉，很滿意的樣子，走到車門旁，從牛仔夾克裡掏出一根鐵尺，三兩下便打開車門，坐了進去，再取出一把螺絲起子，熟練地卸下駕駛盤下方的塑膠殼，摸弄一回，車子轟然發動，音響裡同時傳出古典交響樂曲。

「我塞！聽這種的！」梁宛玉嘀咕著，把那惱人的聲音徹底消滅，腳下一用勁，讓輪胎發出乾淨愉悅的一聲「滋」，向前飛駛而去。

但在這個時段，任何飛翔都注定了半途墜毀的結局。紅色閃電只亮了幾秒鐘，然後就像一隻斷了翅膀的紅臉番鴨，蠢蠢地落在一長列車屁股的後頭。

梁宛玉的手指開始在方向盤上彈鋼琴，嘴裡低罵著很多男人都罵不出口的髒話，幸好下一刻她發現了一個寶。

一具大哥大就放在排檔後方。她立刻喜孜孜地拿起來，撥了個號碼。

「喂，貞貞哪，我是小玉，馬上到，路上沒有塞得太離譜的話……對啊，弄輛車還不簡單……蜜滋必死的……唉，還好啦，將就將就嘛，最起碼可以跑嘛……放心，我一定趕得到……我知道塞車……沒問題啦……有牌打，爬都要爬過去，妳們等著哦，錢準備好……我還需要帶錢嗎？開玩笑，妳們這些魯肉腳……唉，放心啦，我有我的辦法……」

梁宛玉掛斷電話，興奮的情緒轉瞬間又變回頹喪氣惱。一通電話打完，車子還沒向前移動一公尺，什麼世界嘛，這是？

梁宛玉嘆了口大氣，無奈地開始玩起另一種遊戲。她掀開右手邊的置物箱，在裡面翻東翻西，一邊喃喃自語：「這種車主的車裡一定不放錢的，沒錯，沒有……這傢伙大概二……不對，太香了，大概三十多歲……男性，未婚，騷包，一定有保險套……」

梁宛玉伸手在置物箱裡掏摸半天，像是捕蛇人義無反顧地想在眼鏡蛇洞裡抓住蛇尾巴。

「沒有？居然會沒有？……奇怪……我才不相信！你是個什麼樣的怪胎啊？」

她不死心地亂抓，卻摸出了一堆ＣＤ與錄音帶，都是些她沒看過的怪東西。

「Tchaikovsky？Brahms？……去你的，一定是些連狗都不聞的鄉村歌手……」

她繼續奮勇搜刮，終於像檢察官一般地搜出了一張具體證據——修車廠開的發票。

梁宛玉大叫一聲。「啊哈，逮著你了吧，原來你叫做高行健！」

她立刻拿起大哥大，照著發票上的電話號碼撥了過去，幾聲鈴響過後，一個男人接了起來：「喂？」

梁宛玉故作正經地把嗓門壓得很低。「高行健嗎？」

「我是。」

「你有沒有麥可傑克遜的帶子？」

電波的那一端沉寂了一陣子。「什麼？」

「我問你有沒有麥可的帶子，怎麼搞的，滿車都是一些難聽的錄音帶！」

「妳在說什麼啊？」

「你白癡是不是？」

「小姐……我不曉得妳要幹嘛……」

梁宛玉不耐低吼：「我在問你車上還有沒有別的錄音帶！」

「我車剛剛被偷。」高行健顯然沒好氣地說。

梁宛玉忍不住笑了起來。「我知道啊，就是我偷了你的車啊。」

那個高行健沉默了好久，梁宛玉甚至可以感覺得到話筒裡傳來的電波滿載著問號。她等待著，如同爬到火山口的觀光客，等著欣賞這座火山將要如何爆發。

「妳偷了我的車？」對方好不容易像扔石頭一樣地，一個字一個字地扔了過來。

「對啊。喂，拜託你，放些好聽的帶子好不好，吵死人了！」

「妳偷了我的車？」

「對！要我說幾次？」

「妳也在用我的行動電話？」

「對啊！」

「妳……咳咳……妳……」

對方的自制力，讓梁宛玉有點驚訝，「不是個傻瓜就是個書呆子……」她心裡一面這麼想著，一面故意再向前進逼。「喂，不要太那個了，台灣每天有多少輛車被偷，你知不知道？不要覺得你中獎了，以前沒中獎是你的運氣！」

火山口終於爆發了，「那妳還打給我幹什麼？」高行健的吼聲像在哭泣，又像喉管裡跑進了一隻渾身塗滿辣椒油的兔子。

「我就是要問你還有沒有好聽的帶子啊！」梁宛玉詭計得逞地嘻笑著。「喂，不要這麼不甘心好不好？」

「妳……我已經報警了！我會抓到妳的！妳等著瞧！」電話砰然掛斷，熾熱的岩漿卻依舊在梁宛玉的耳邊灼燒。

「唉，眞沒風度。」梁宛玉無奈地搖搖頭，放下大哥大。「這個人太不好玩了。」遊戲草草結束，頗令她心有不甘，尤其是又將面對永無止盡的塞車。

紅色跑車擠在車陣內慢慢移動，右方忽然出現一條小路的路口，梁宛玉稍一猶豫，轉動方向盤，把車子開了進去。這條路上的車子倒不多，只不過存在著一個小問題——不知它究竟通往何處。

梁宛玉嘀咕著：「我就不相信到不了台北。」

在她的夢境中，自己經常會變成超級馬力歐，只要觸動一個機關，就可以發現一條縱橫全台灣各地、絕對不會塞車的祕密通道，自己則駕著一輛法拉利九萬CC、七千匹馬力的未來車，在通道內呼嘯來去，隨便到那兒都不需五分鐘，高興的時候還可以把頭伸出地面，向坐在總統辦公室內的那個人喊聲：「遜！You can't get me！」

此刻她就是懷著這種心情，管他三七二十一地亂飆一氣。

才過沒十分鐘，大哥大猛然哭餓似地叫了起來。

梁宛玉心知肚明地拿起話筒，從喉嚨深處捏造出百分之百甜蜜的語音：「喂——」

「喂。」高行健極力壓抑、僵硬如墓碑的腔調，使得梁宛玉又興奮了起來，她的話聲更甜蜜溫柔了：「請問，那裡找？」

高行健忍耐著說：「我在打我自己的行動電話。」

梁宛玉嘻嘻笑。「你找誰嘛？」

「妳知道我找誰。」

「好討厭哦，你要幹嘛嗎？」

如果梁宛玉現在手上正好有一部電腦繪圖機，她一定會把高行健此時的臉龐畫成魔鬼樣相。但這個男子的耐性確實超乎常人，他忍氣吞聲地問：「妳現在在那裡？」

梁宛玉不禁從鼻孔裡噴笑出來。「你太天眞了吧，我怎麼會告訴你？」

高行健依舊冷靜地說：「妳把車子還給我，我不去警察局報案。」

「你剛才不是說你已經報案了嗎？」

「其實……還沒有……」

「呵……原來你也不老實，騙人！」

「拜託妳，別鬧好不好？妳把車子還給我，我就當做什麼事情都沒發生。」

梁宛玉哼了聲。「誰要你的爛車子？我用完了，你自己到路邊去找。你放心，一定找得到的。我可不是小偷。」

「那……那妳爲什麼要這樣？」

梁宛玉像小女孩似地任性嚷嚷：「因爲我要用嘛，沒有車子怎麼行嘛？只是借你的車子用一下而已，這麼大驚小怪的幹什麼？小器鬼！」

話筒那端傳來高行健氣憤無奈、語不成文的聲音。

梁宛玉反而突地嚴肅起來。「順便告訴你一聲，車子要保養、要愛護，不是天天洗車打蠟，外面漂亮就夠了。你這車子的引擎照顧得不好，又沒練，你懂不懂？引擎就像小孩，要教、要哄、要訓練、要快跑，小孩子才會健康，你這車子扭力不夠，加速又慢，怎麼開的嘛你？」

高行健被教訓得啞口無言，繼續發出不知如何回答、如泣如訴的怪嗓音。

梁宛玉又重重地說了句：「以後注意了啊！」便掛斷電話，然後十分爽快地在方向盤上猛力拍擊一下。「把你玩夠了吧，呆子！」

年輕女孩的心情飛揚到極點，跑車也似乎在雲端上風馳電掣，然而半個鐘頭以後，梁宛玉也不得不承認自己這回糗大了，這條小路彷彿沒有盡頭，時而上山，時而下坡，甚且越來越荒涼，活像一路奔往亂葬崗一般。

梁宛玉焦躁地拿起大哥大，撥給在台北等待她上桌的牌友：「喂，貞貞哪，是我……塞得太厲害了……對嘛……不管，喂，妳那邊有沒有地圖？……不是那種大地圖，最好有新竹或桃園的，有產業道路跟小路那種的……書店去買買看嘛……唉，廢話嘛，誰搞得清楚這種路……什麼？我就是出不去了嘛！要不然求妳幹什麼？……唉，算了算了，我自己找！」

梁宛玉賭氣掛斷電話，踩著油門的腳絲毫不放鬆，隨任跑車在山路上亂闖。

就在此時，電話鈴又響了起來。

「眞煩咧！」梁宛玉開始隱約察覺這個高行健並不是個容易打發的傻瓜了，她一邊盤算著拿起大哥大。「喂。」

高行健又把情緒控制在範圍內地回答了一聲「喂」。

梁宛玉反而不耐。「你找誰？」

高行健慢悠悠地說：「我找我沒訓練好的小孩。」

梁宛玉忍不住噗哧一笑。「你滿寶的嘛你！」

高行健平心靜氣地申訴著：「我不曉得要怎麼跟妳講……嗯，妳要把我的車子開到那裡去？」

「去我要去的地方。」

「妳能不能告訴我，妳爲什麼要偷我的車？」

「我沒有偷你的車，你搞清楚。我從前的男朋友是個偷車賊，但我不是，我從來不偷人家的車。如果你一定要說偷，也可以，我沒爲什麼一定要偷你的車，只是碰上了而已。」

「妳經常這樣嗎？」

「對啊，需要的時候就弄一部嘛，餓的時候總要吃飯嘛，對不對？」

高行健乾咳一聲。「那妳可不可以告訴我，妳怎麼偷……把我的車子弄走的？」

梁宛玉得意地一笑。「那還不容易？我跟你講，沒有車是弄不走的，你懂吧？什麼防盜器、電磁鎖，全都是騙人的東西！老實告訴你，到現在爲止，全世界還沒有任何一種車型是四十秒鐘之內弄不走的。只要人家看上你，你就完了，就這麼簡單。」

「你們眞厲害。」高行健確實誠懇服氣地說。「我從前還以爲……」

「外面的傳言太誇張了是不是？」

「對啊。」高行健沉默一下，梁宛玉猜測著他下一句要講什麼，不料他緊接著冒出的話，完全不是她早已在心中擬定的一萬個答案中的任何一個。

高行健說：「嗯，有意思……應該研發出一種你們開不了的鎖……」

梁宛玉結結實實地楞了一下，訝異對方的反應。「我塞，你眞是個怪胎……你是做什麼的啊？」

「我在工研院。」

「什麼公爺院？那是幹什麼的？」

「工研院，工業科技技術研究學院。」

梁宛玉驚呼出聲：「我塞！你是個科學家啊？我還以爲你是個大騷包呢，開這種車？」

高行健滿懷歉意，尷尬地說：「沒有啦……我只是覺得車型還滿漂亮……」

梁宛玉更有興趣地追問：「你今年幾歲？三十五了沒有？」

高行健又沉默了，過了好久才小聲回答：「四十二了。」

「我塞！你還沒結婚，對不對？四十二歲了還不結婚，車上又沒保險套！」

高行健又乾咳一聲。「什麼保險……？妳怎麼知道……？」

梁宛玉責備地。「你有什麼毛病是不是？」

即使高行健再好脾氣，也不禁發作。「妳……我在跟妳說什麼啊？神經病！」

「你說誰神經病？」梁宛玉不爽地正面迎擊。

高行健氣憤大叫：「我們兩個都是神經病！不，精神病！」幾乎是用砸地掛斷電話。

梁宛玉冷笑嘀咕：「老處男！搞怪！」

跑車仍然順著山路盤旋而上，一彎接著一彎，不曉得要彎到什麼時候才會停止。梁宛玉覺得自己好像是一隻玩弄毛線球的貓，玩到最後必定被這條鳥不生蛋的小路糾纏得屍骨無存。

梁宛玉停下車，跑到路邊向下望了望，天哪！除了滿山谷樹木草叢，什麼都看不到。新竹在哪裡？台北往哪個方向？全都已無法辨認了。

難道要順著原路回去嗎？梁宛玉不屑地嗤了一聲，這可不是她的作風，但繼續往前走……唉，什麼時候才上得了麻將桌哦？

她站在台灣某個不知名的山谷絕壁之上，面對著上千種毫不認識的植物，盤算不出下一步該怎麼走。

她嘆了好幾口氣，回身抓起車內的大哥大，明知這是個毫無意義的舉動，但還能怎麼辦呢？就好像在KTV的包廂內跟好友已無話可講的時候，不拿起麥克風亂唱一氣，又怎能度過這尷尬的時光？

高行健可夠意思，馬上就接通了。「喂。」

梁宛玉把語調放得盡可能地溫柔：「還在生氣啊？」

高行健解嘲地笑了笑。「沒有啊。」

梁宛玉當眞有點折服於他的氣度，不禁誠懇地主動道歉：「對不起，我沒有想要糗你是老處男。」

高行健頓了好一會兒，再發話時，語氣中竟意外地透出促狹的味道：「妳怎麼知道我是老處男？」

梁宛玉被逗得笑出聲來。「我塞，原來你也會不正經。」

「我被妳搞得一點辦法也沒有了。」

「你大概永遠也不會認識像我這樣的人。」

「可不可以告訴我，妳是幹什麼的，我是說妳的正業？」

「嗯，我從來都沒有正業。我做過髮廊小妹、電影院服務生、賣漢堡……反正一大堆啦，數都數不清楚。」

「妳幾歲了？」

「你猜。」

高行健想了一下。「我猜不出來。」

梁宛玉撝嘴一笑。「你好鎚哦你。」

「什麼？」

「我說你太老實了，你一定是個書呆子，對不對？」

「我……唉，不知道……」

「我塞，科學家，我從來不認識科學家……你讀過多少書？」

「妳是說多少書，還是多少年的書？」

「唉呀，都一樣嘛。」

「我在台灣念的是清華……」

「那裡？哦，清華，對不起，我知道那個學校。」

「畢業了又去美國念，又念了十一年……」

「我的媽哦，十一年！那你一定是博士嘍？」

「唉，是啦。」高行健的聲音裡有著太多的不好意思。

「你一定是念書念呆了。」梁宛玉武斷地說。「你平常都做些什麼？」

「在美國就是天天進實驗室嘛……」

「我是問你現在。」

「現在也是做實驗哪……」

「我問你下班！」

「下班就……回家嘛……」

梁宛玉認眞地提出警告：「喂，你不能這樣，一個人的生活怎麼可以搞得這麼無聊？」

高行健突然打斷交談：「唉，等一下……我不跟妳說了，我女朋友來了。」

「我塞，居然還有女朋友，恭喜你啦，快去開門，拜拜。」

梁宛玉掛斷電話，一瞬間竟彷彿有些失神，眼睛直勾勾地望著前面。但她立刻搖了搖頭，喃喃自語：「大概是個老處女。」

她跳上車子，繼續往前奔馳。天色很快地黑了下來，感覺上好像是只轉過一個山坳，就從白天轉成了黑夜。她探頭朝山谷裡看了看，連半點燈火都沒有。

「這回眞的是完了，王八蛋新竹！」正詛咒不休，忽然看見一輛車子從對面駛來，她連忙按了幾聲喇叭，猛然把車子橫在對方的車頭前面，嚇得那輛又破又舊的銅管車手忙腳亂，打了個滑才緊急剎住。

「好爛的技術！」梁宛玉鄙夷地心想，走下車來，對方駕駛正惡眉惡眼地探頭出窗，大罵：「幹破你娘……」一見是個女的，可有點楞住了。

梁宛玉陪著笑臉。「對不起哦，請問你認不認得路？」一面乘機看了車內一眼。

車裡一共擠著三個人，開車的是個活像屠夫的傢伙，髒兮兮的背心下擠著一團團挾帶違禁品，兩隻眼睛恍若豬膀胱，紅紅腫腫的隨時會滴水；駕駛座旁的那人則顯得斯文些，但乾巴巴的臉上時而閃現賊光；後座的胖子大約和屠夫有著某種血緣關係，眼睛一樣爛爛的，不同的是，他垂眉瞇眼、嘴角上翹、豬公啣著番茄似的神態，卻像個剛剛吃飽了在打嗝兒的菩薩。

屠夫瞪了梁宛玉一會兒，乾咳一聲，問道：「妳要去那裡？」

「有沒有小路可以直接繞上高速公路或省道的？」

「哦，跟我走吧。」

梁宛玉掉轉車頭，跟著那輛破車，電話可又來了。梁宛玉嘀咕著，本不想接，但猶豫了一會兒，終於還是接了起來。

「女朋友呢？」她劈頭就問。

「走了。」

梁宛玉的語聲中透出掩不住的開心：「這麼快？怎麼搞的嘛？」

高行健頓了一下。「妳是說那方面的快？」

「你很皮哦。」

「碰到妳了嘛。」

「我猜你一定沒有，車上沒保險套。」梁宛玉毫不曖昧地脫口就說，好像兩個老朋友在聊什麼隱私一樣。饒是如此，高行健仍然楞了半晌，才苦笑著：「沒有，一直沒有。」

「我靠！你跟她有什麼問題？」

「我也不知道。」

「不來電？」

「也不是……我很喜歡她，可是……」

「唉，我跟你講，」梁宛玉老氣橫秋的。「女人，什麼是女人？」

高行健等待著：「嗯？」

這回卻該梁宛玉頓了老半天。「我跟你講這個幹嘛？」

高行健忍不住笑了起來。「我不曉得。」

「好啦！管那麼多！」梁宛玉高興地叫了一聲。「我跟你講，女人不喜歡太老實的人，我是說，女人需要老實的男人，但是你不能太老實……嗯，我的意思是，你心裡要老實，但外面不能太老實……」

「那她怎麼知道你心裡老實？」高行健呆呆地問。

「你……唉，你怎麼這麼笨嘛！你不懂我的意思啊？」

高行健囁嚅著：「不太懂……」

「唉，就是……反正……好，我想到了，你對我就不老實，但我知道你心裡老實。」

高行健急急辯解：「我沒有對妳不老實，我只是……」

「我覺得你對我不老實。」梁宛玉促狹地說。

「我沒有，眞的沒有！」

「那你爲什麼會講一些瘋話？」

「那是因爲……唉，因爲我沒看見妳……」

「哦，我懂了！」梁宛玉又叫一聲。「你沒膽子，對不對？」

高行健發出一聲抽筋似的呻吟。

「好，再聽著，女人不喜歡沒膽子的男人，這一點一定要記住，該動作的時候就要動作，絕對不要畏畏縮縮的。」

「妳是說，那種動作啊？」

「對！唉唉唉……也不是叫你亂動作，時候到了，就要進攻，然後就這個……水落石出了。」

「水到渠成？」

「對，就是這個意思嘛。」

前面的破車轉入一條產業道路，果然像是匹識途老馬，梁宛玉安心了些，緊隨而行，一面繼續打屁：「你從來沒動作是不是？」

「也不是耶。」高行健的用語漸漸倒退回少年時代。「有一次我們去青草湖，那天還滿romantic的……」

「什麼？」

「我是說，氣氛滿好的。結果我就……想找機會啊，後來在湖邊，妳知道……」

「嗯嗯嗯！」

「我就不管了，就抱住她，親了一下……」

「我塞！」梁宛玉纏綣嘆息。

「結果，」高行健頹喪嘆氣。「她很不高興！」

梁宛玉驚呼：「怎麼這樣？」

「我不知道啊，後來我就不敢了……」

「等等，這裡面一定有問題，你太突然了是不是？」

「大概有一點，我不知道……我不曉得應不應該講這個……有時候，妳知道，男人……有東西在裡面衝，我是說，那種生理上的衝動，你根本控制不住……」

「我知道啊，女人也會啊。」

高行健發出驚訝的聲音：「真的嗎？」

「當然會嘛。」梁宛玉沉靜回答。

「妳結過婚嗎？哦，對了，妳有男朋友……」

「我啊，十四歲就有男朋友了。」

高行健異常酸溜溜地說：「很多個，是不是？」

「還好……」

「那妳爲什麼不結婚？」

「我不知道……有好多次我想嫁掉算了，可是搞到最後總是……唉，我也不曉得……」

高行健猶豫著：「我覺得……」

「嗯？」

「我不應該講這個，我不懂……」

「沒關係。」

「我覺得妳大概是太挑剔了。」

「可能吧，但我……挑剔沒什麼不對啊？女人不能夠隨隨便便……怎麼說，我知道你認爲我很隨便……」

「也沒有……」

「你有！但沒關係，我的意思是，平常『隨便』對我來說是沒什麼的，但是，怎麼講……」

「我知道了，在生物學上來說，雌性動物會選擇最優良的雄性動物來進行傳宗接代的任務，這是一種生物的直覺反應，這是對的。」

「眞的嗎？」

「對的，妳絕對沒錯。」

「你是說我還沒碰到優良的品種就是了。」

「大概是這個意思。」

「這很好玩……眞的耶，這很好玩！我一直以爲是我自己有問題。」

「妳不會有問題的。」

梁宛玉頓了頓。「你怎麼知道？」

「我……感覺嘛，妳是個好女孩，眞的……」

梁宛玉高興地「哼」了一聲，惹得高行健急急辯解：「我不是想占妳便宜……唉，我根本沒見過妳，所以我不會這樣……」高行健沉默了好一會兒。「奇怪，今天的這些話，我連我媽媽都不會告訴她的……」

「我也是耶！」

「唉，我想我們眞的是神經病。」高行健苦惱地說。

「精神病！」梁宛玉快樂地回答。

「妳叫什麼名字？」

「人家都叫我小玉。」

「小玉，很好聽。」

「哼，很俗氣……」

銅管車果然有一套，像專會搜尋墳墓的殭屍鬼，竟在這荒山野嶺之中找著了一個有著幾十戶人家的小聚落，更妙的是，其中一家居然還掛出了「大腸麵線、肉圓」的招牌。

銅管車停了下來，屠夫朝她比了個手勢。

「好！我也要！」梁宛玉大叫完畢，朝向話筒。「我等下再打給你，好不好？」

「妳剛才在叫什麼？」

「沒有，我快被這山搞瘋了，又沒吃飯……」

「什麼山？」

「沒有，我等下再打給你，你不會睡吧？」

「沒關係，我等妳。」

梁宛玉的胃腸可能比那三個男人的總和還要大，並非美味的麵線竟一口氣吃了五碗，兀自意猶未盡。

另一桌上的屠夫瞪著眼睛看她，賊相的瘦傢伙則竊笑不已。

「那個查某，眞餓鬼！」「吃那麼多，身材還不壞……」「給她戳一下，不知有多爽！」

彷彿有意回應那三個無聊傢伙的耳語，梁宛玉拉直了嗓門大叫：「頭家娘，再給我兩個肉圓！」

屠夫與夥伴們終於搖著頭出去了。梁宛玉慢條斯理地解決掉胃腸問題，走出店外，卻看見那三個傢伙正蹲在銅管車前叫罵不休。

「幹破你娘！搶也不會搶一台好的！」屠夫說。

「那知？是你搶的啊……」瘦子說。

「幹破你娘，你再講？你再講？」屠夫肉囊囊的胸脯都快頂到瘦子的鼻尖上。

「好啦，莫再講啦！」胖菩薩打著呵欠做和事佬。「再找一台就好了嘛。」

「到那裡去找？幹破你娘！」

梁宛玉一面用袖子抹著油漬漬的嘴角，一面遠遠地看著他們。

「喂！」忽然從喉嚨裡發出的聲音把她自己都嚇了一跳。

三個傢伙回過頭來，狐疑地望著她。

梁宛玉的心中禁不住有些波瀾、有些搗蛋的欲望，從小就是這樣。

她始終記得老芋仔爸爸臨終前的那句話：「妳這破鞋子，以後不要到處亂跑，聽到了沒有？妳是女的，褲襠裡沒東西！」本省籍的母親卻揚起哭得紅腫的雙眼，不解地說：「鞋子沒破啊？小玉，妳跟他講，入殮的時候，一定會給他換雙新鞋。」

但她長大了之後，仍然不斷地把鞋子踩破，越「棘腳」的地方她就越想去。

「剛才多謝你們帶路。要我給你們載麼？」她大剌剌地說。

那三個互相望望，有點傻住了。

「要坐就來啊。」梁宛玉打開車門坐進去，那三人則龜龜毛毛地挨過來，一邊整理著服裝，大姑娘般你推我、我推你的，「入去啊」「你先嘛」「幹……」。

終於一個個像練瑜珈術似地擠進雙門跑車的後座。

「前面也可以坐啊。」梁宛玉說。

卻沒人答腔。梁宛玉從照後鏡裡望著他們，三具泥偶似地坐得端端正正，連呼吸都很小心的樣子。

這是三個明知絕對不會有女人看上自己的男人，沒有半點自戀的毛病，此刻連講句瘋話的念頭都不曾在腦海裡出現。

「你們要去那裡？」

三人用手肘互相碰撞。「隨便啦。」

「不要緊啦，我反正沒事情，現在到了台北也還在塞車……」梁宛玉好心地說。

「我們本來要去找一對夫妻……」賊相的瘦子才只回答了半句，就被屠夫狠狠一瞪，不敢講話了。

「按怎？」梁宛玉追問。瘦子卻抵死不言，車內陡發一陣尷尬。

屠夫可又覺得這氣氛愧對主人，惱怒地罵賊瘦子：「幹破你娘，你剛才要說什麼啦？」

「沒啊，那有說啥？」一口吃了秤鉈鐵了心的語氣。「你自己講嘛。」

屠夫沒輸兒，結結巴巴的：「去找一對夫妻……」

賊瘦子立刻接腔：「這我已經說過了。」

「幹破……」

梁宛玉不禁失笑。「去飲酒哦？」

「不是啦，他們夫妻都是立法委員……」

這回該那菩薩一樣的胖子猛然拱了一下屠夫，梁宛玉恰好望向照後鏡，正見一柄手槍從屠夫的腰間掉了下來。

這可是她從未遭遇過的狀況！

梁宛玉一面後悔，一面又不由自主地亢奮起來。

「我感覺呵，有些民意代表眞不是款，」她試探著說，邊從鏡內觀察他們的反應。「不是黑道就是大金牛，賄選、關說、官商勾結，眞是黑白亂來……」

屠夫興奮地嚷嚷：「就是嘛！」

梁宛玉更進一步：「若是我呵，眞想去搶他們！」

「搶？」屠夫振臂高呼。「搶什麼？給他們死！」

胖菩薩、賊瘦子都責怪地望著他。屠夫自覺說錯了話，面板板地坐著，一邊祈求寬恕地偷瞄同夥。

梁宛玉一心想留下線索：「還沒請教你們貴姓大名？」

「夏七成。」屠夫說。

「夏八成。」胖菩薩回答。

「夏九成？」梁宛玉自作聰明地搶道。

「我才不是他們的兄弟咧，那麼衰？」賊瘦子笑著說。「我叫吳棟樑。」

「好啦，你們已經被我列管了！」梁宛玉心中亮起「小玉私家偵探社」霓虹燈大招牌的同時，車窗外卻忽然下起大雨。梁宛玉頓生詭計，猛然一偏方向盤，跑車的右前輪「喳」的一響，陷落入路邊的排水溝中。

夏七成等人在後座摔成一團。

梁宛玉忍住笑，假作惶急地嚷嚷：「這下慘了！怎麼辦？」

夏七成等人面面相覷。「還能怎麼辦？」

緊接下來的情況是：梁宛玉得意地、悠裡悠哉地坐在駕駛座上，望著車外那三個男人在滂沱大雨裡，抬前輪的抬前輪，推後輪的推後輪，夏七成則振奮起全身的每一根筋肉，企圖從中央突破，拚命地想要扛起底盤，一面還不忘大聲罵道：「卡用力耶，幹破你娘！沒吃飯是不是？」

梁宛玉愜意地嘆了口氣，蹺起二郎腿，撥通電話。

高行健幾乎一拿起就叫：「小玉！」

梁宛玉沒防著這聲叫喊，就像離家多年、躑躅於異鄉陰冷街頭的遊子，忽然聽見背後傳來至愛親人的溫暖呼喚，不覺胸口一熱，眼眶緊跟著濕潤起來。「你怎麼知道是我？」

「這麼晚了，不會有別人打電話給我。」高行健憨憨地說。

梁宛玉極力掩飾地恢復調皮的語氣：「那你弄這支大哥大有什麼用？」

「是朋友送給我的，算是很有潛力的科技產品嘛。」高行健解嘲地笑了聲。「對我，並沒有實用的價值，只好把它丟在車子上，從來沒用過。」

「結果被我用了。」

「對啊，真諷……真好玩。」高行健有點發急地追問：「喂，小玉，我們這邊下大雨了，妳還好吧？」

梁宛玉望著車外那三個奮力和風雨拚鬥的傢伙，忍不住笑出聲來。「嗯，還好。只是，你的車子陷到溝裡去了。」

「什麼?」高行健大叫的原因讓梁宛玉更加感動，因為他根本沒在意自己車子的狀況，卻嚷嚷著：「妳有沒有怎麼樣?」

「誰?」

梁宛玉真的有點想哭，她咬著嘴唇，憋下眼淚，可又笑起來。「沒事，有人在幫我推。」

「我不曉得，好像是三個殺手……還是強盜，我也搞不清楚。」

高行健又叫：「什麼?妳還不快跑?」

「我隨時都可以走，」梁宛玉輕鬆地說。「先耍他們一下。」

「不要這樣!快跑!」

梁宛玉還沒答言，猛然一隻大手從窗外伸入，夏七成猙獰的臉孔緊接著出現在她腦袋旁邊。

一剎那間，梁宛玉的心中浮起被分屍的幻象，但夏七成卻結結巴巴地問：「有沒有……有沒有那個千斤頂?」

梁宛玉楞了一下，對著話筒：「喂，高行健，車上有沒有千斤頂?」

「在行李廂裡面。」

「在後壁。」梁宛玉轉對屠夫說。

夏七成橫肉叢生的臉孔離開窗口之前，忽然拋來了句：「叫妳的男朋友放心啦，我們不會把妳丟在這裡的。」

梁宛玉這回可眞的是楞住了，探頭出窗，望向大雨中的那三個男人，腦中一陣迷糊：「你聽見他說什麼沒有？我靠，那傢伙可愛的哩！」

高行健急急地說：「不管怎麼樣，妳還是不要……」

梁宛玉忽然狠狠地問：「你眞的關心我嗎？」

高行健頓住了好久。「我……唉……」

「好啦，你不要講了，驢！」

「我覺得我好像已經……」高行健在話筒那端極力鼓動勇氣的同時，梁宛玉卻聽見夏七成等人在外面大吼：「催落！催落啦！」

梁宛玉叫了聲：「我們又上路嘍！」猛加油門，跑車一陣顚簸，衝上路面。夏七成等人拍手歡呼，好像暑假第一天的小孩子。濕淋淋地坐上車子之後，梁宛玉誠懇地說：「辛苦了。」

「唉，那有什麼啦。」三人俱皆一副勞苦功高卻又故意謙遜的德性。「這種狀況，碰到太多次了……那有什麼啦！」

夏七成有意向同伴炫耀自己擁有的獨家祕密。「妳男朋友對妳不錯哦。」

「對啊。」梁宛玉漫應。

「他做什麼的？」

「他是博士。」

「哦。」夏七成板著臉不講話了。

大哥大可又響了起來，高行健小偷一般地壓著嗓門：「他們還在車上？」

「對啊。」

「要不要我報警？」

「不用啦，他們很好嘛。」

夏七成等人似乎覺著了一些什麼。夏八成低聲對同伴宣稱：「她男朋友不放心。」

夏七成嫌惡地瞪了他一眼。「當然不放心，看你這樣子，誰會放心？」

梁宛玉還在那兒勸高行健去睡覺，連「乖嘛，快去」都說出口了，夏八成不禁把頭湊向前座。「我跟他講，好不好？」

梁宛玉笑了起來：「有人要跟你講話。」

「誰？」高行健吃一驚。「不要……」

梁宛玉卻已把電話遞給了夏八成。

「喂，博士啊，歹勢呵，」夏八成說。「我們的車壞去了，只好給你女朋友載啦，啊，我們馬上就要下車了啦，你免擔心啦。」

「沒有……沒有……你們坐，沒關係。」

「博士呵，你們都是好人啦，聽得出來，你女朋友眞的很好。」

夏七成在旁提醒弟弟。「問他們什麼時候結婚。」

「我哥哥在問啦，你們什麼時候結婚啦？」

高行健一楞。「唉……這個……那要看她……」

夏八成掩住話筒對梁宛玉說：「妳還沒答應他哦？爲什麼？」

梁宛玉也楞住了。

「來，我跟他說。」吳棟樑自告奮勇地搶過電話。「喂，博士，我姓吳啦。」

高行健沒轍兒地回答：「你好。」

「我好我好。」吳棟樑背轉過身，躲在後座的角落裡，用手摀著話筒。「我跟你說呵，女人都會害羞啦，你一定要……卡橫啦，你知麼？她一定會答應你的，我不給你騙，不要怕。」

高行健似乎心有所感，竟也跟著小聲起來。「我今天稍微有點了解這個了。」

「我跟你講，當初我跟我牽手……」

梁宛玉望向照後鏡，只見吳棟樑手持大哥大，窩在那兒竊竊私語、沒完沒了，不禁直皺眉頭。夏七成與夏八成則討論著梁宛玉爲何不答應人家。

梁宛玉沒好氣地說：「你們閉嘴好不好？」

夏家兄弟當即一聳肩膀，噤聲不語，但吳棟樑卻仍嘀嘀咕咕地說之不休。

梁宛玉惱怒地從照後鏡中瞪著他。「你到底說完了沒有？」

夏七成忽然想起什麼。「喂，等等，讓我跟他講一下……喂，博士哦，很抱歉給你攪擾，不過，有一個問題，我想請教你……」

「不敢。」高行健哭笑不得。

「博士，你覺得台灣現在這種……這種局勢好不好？」

高行健沒料到話題忽然變得嚴重起來，不禁有些猶豫。「你是說那方面的？」

「我是說……我不懂政治啦，但是有些事情，實在是看得很堵爛……」

「這要看……」高行健立刻便抓著了他的心波頻率。「我不是學政治的，不過，民主政治需要有耐心，這是我個人的看法，所以我倒覺得我們一直在進步……」

夏七成依舊堅持：「我是說呵，有些大金牛黑白來，這要怎麼辦？」

高行健無奈承認：「這倒有點傷腦筋……」

夏七成凶狠地說：「如果，我是講如果，有一個大金牛被堵爛的老百姓幹掉了，其他的金牛還敢亂來嗎？」

夏八成忙用手肘拱哥哥，夏七成卻更凶狠地拱了回去。

高行健緩緩地說：「夏兄，我請問你，樹被砍倒了，會不會再長出來？」

「會啊，當然會。」

「所以解決問題，不能從這邊下手對不對？」

夏七成奮激地大叫：「那就把根都挖掉！」

高行健仍然冷靜。「挖掉一棵有用嗎？」

夏七成搔了搔頭皮。「對哦，也是呵。」

「很抱歉，我也不知道應該怎麼解決，但是你一定要有耐心。」

夏七成想了半天，終於對著話筒點頭。「唉，我想你說得對……」

「等等，有人按我門鈴，我們改天再談，好不好？」

「好好好，你去你去。」

夏七成滿意地放下大哥大，梁宛玉卻有著被人拋棄的疑惑。「咦，他跟你們講完就掛斷了啊？」

「他說有人去找他。」

梁宛玉心中狐疑。夏七成等人問夠了、說夠了，反而開始意興闌珊地打起呵欠。

梁宛玉忍了半天，始終沒聽見電話鈴響，按捺不住地打了過去，不料那端發話的竟是個女人聲音。「喂？」

梁宛玉渾身寒毛立刻根根倒豎。「我找高行健。」

對方的聲音也透出不自在。「妳貴姓？」

梁宛玉聽見那邊隱約傳來高行健想要搶下話筒的聲響，心頭立刻泛起母親與奶媽搶著餵奶的焦躁：「妳管我貴姓？我又不找妳？」

本都快墮入夢鄉的夏七成等人頓時回過神來，驚訝地豎起耳朵。

那女人嚷嚷：「咦，妳這個人怎麼這樣？」

梁宛玉冷笑。「我就是這樣，妳要怎麼樣？」

高行健好不容易搶下話筒。「喂喂喂！」輪到那女人隱約在旁邊大叫：「她是什麼人？」

梁宛玉從鼻孔裡發出笑聲。「女朋友回來了哦，好甜蜜哦。」

後座的夏七成等人面面相覷，低聲嘀咕：「原來是三角戀愛，難怪！」

高行健辯解著：「不是啦，我也不曉得……」

梁宛玉哼說：「她還要管你交朋友啊？你又不是小孩子？」

那女人機警地拿起分機，繼續攻擊：「喂，妳是不是那個偷車賊？」

高行健高喊：「淑惠，放下！」

梁宛玉冷笑：「沒錯，就是我，怎麼樣？」

淑惠嚷嚷：「那妳還敢打電話來？妳……無賴！」

梁宛玉悠悠地說：「我跟我朋友聊天，干妳什麼事？」

「朋友？妳偷他的車，還是他朋友？」

「我就是偷了以後，才跟他變成朋友，妳算是他的什麼朋友？妳根本就不懂他心裡在想什麼！」

高行健哀求地說：「小玉，不要……」

淑惠尖叫：「小玉？這麼親熱？」

梁宛玉得意地笑著：「我跟他，比妳跟他親密得多！」

淑惠都快哭了。「高行健！你什麼意思？」

後座的吳棟樑忍不住挨上前來。「我跟他講。」

梁宛玉大罵：「你滾遠點！」

淑惠大喊：「行健，你聽見沒有？她憑什麼叫我滾？你跟她到底怎麼樣了？你說！」

吳棟樑可已搶下電話。「喂，那個查某……」

高行健連忙制止：「吳兄，你不要管……」

淑惠摸不著頭腦。「又什麼吳兄？你們到底在搞什麼？」

吳棟樑擺出和事佬的身段。「大家冷靜一點，我大概知道怎麼回事……喂，那個查某，都是妳不對，妳不能這樣管妳的男朋友，怪不得他想跑……」

淑惠大叫：「你是誰啊？」

吳棟樑生氣地說：「妳別管我是誰！我就是這樣跟妳講嘛！妳懂不懂？」

一旁的梁宛玉已經怒到口不擇言。「他在青草湖要親她、跟她求婚，她自己不讓他親，現在還想怎麼樣？」

吳棟樑立即對著話筒：「妳在青草湖為什麼不讓博士親？他想跟妳求婚，妳知不知道？」

淑惠同時尖叫：「他怎麼會知道？」

高行健大嚷：「喂，怎麼搞的嘛……」

高行健一楞之後，也問：「對啊，你怎麼會知道？」

吳棟樑忙問梁宛玉：「妳怎麼會知道？」

梁宛玉哼哼：「他自己講的嘛。」

吳棟樑又轉向話筒：「妳自己講的嘛。」

淑惠大叫：「我那有講？」

高行健勉強鎮靜下來。「你叫小玉來聽！」

吳棟樑已嗅出不對，囁囁嚅嚅的：「他要妳聽，妳聽不聽？」

話筒裡卻傳來淑惠高十八度的怒罵：「高行健，我跟你沒完！你混蛋！」聲音大得全車人都聽見了。

夏七成忍不住說：「我來講。」一把搶下電話。「喂，那個查某……」

「你又是誰？」

夏七成奮起全身力量大吼：「我幹破妳娘卡好咧！」

淑惠尖呼：「啊——這些是什麼人嘛？」

夏八成搶過電話，故作陰森的聲音：「我們要妳的命！」

淑惠發出崩潰前的絕叫。

梁宛玉好不容易搶下話筒，正好聽見高行健怒吼著：「叫小玉來聽！」

梁宛玉心虛的：「我跟你講，我本來……」

高行健氣得結結巴巴：「妳怎麼可以把我告訴妳的話告訴別人？我一直很信任妳，沒想到……妳眞……」

「我眞怎麼樣？說啊？」

「妳眞賤！」

「謝謝你啊，再見。」

梁宛玉掛斷電話，鎭靜地駛著車。夏七成等人則在後座噤若寒蟬，好像等待受罰的小學生。車行了一陣，大家眼見梁宛玉一直很冷靜，夏七成這才小聲地向吳棟樑抱怨：「都是你啦。」

「怎麼又怪我？是你要給人家亂罵……」

「不是啦，主要就是你講那個什麼青草湖……」夏八成說。

「對咧，你講那個幹什麼？」夏七成說。

梁宛玉猛然大吼：「你們不要再說了好不好？」

夏七成等人嚇一跳。梁宛玉像敲釘子一般地剎住車子，打開門衝了出去，跑到路邊站著不動，過了好一會兒，才「哇」地哭了出來。

夏七成又罵同伴：「幹破你娘，看你們做了些什麼事？」

吳棟樑卻推了推他的肩膀。「你看那邊！」

一台行跡可疑的貨櫃車正停在前方路旁，兩名混混模樣的傢伙站在車尾，向著過往車輛做出各種奇怪的手勢。

夏七成的瞳仁裡立刻放出光來。「好！是流動賭場還是流動『貓仔間』？」

「怎麼辦？」夏八成興奮地問。

「先等等。」

三人坐在車內，密切注意貨櫃車的動靜，卻見那兩個混混踅著螃蟹步走到梁宛玉身邊，賊笑兮兮地說了一堆話，梁宛玉根本不理他倆，其中一個竟突然一把攬住她的腰，另一隻手就摸上她凸翹的臀部，梁宛玉馬上一膝蓋頂中他雙腿中央，使他抱著卵蛋跪倒在地；另一個混混怒罵著衝上，梁宛玉毫不示弱，和他扭打成一團。

夏七成叫道：「幹破伊娘！把我們當成什麼？」當先衝下車來，夏八成、吳棟樑緊隨在後。

那兩個混混這才發現小妞兒的幫手如此凶猛，正想逃，早被夏七成等人逮住，從頭到腳修理了個徹底。

夏七成關心地望著梁宛玉。「妳沒事吧？」

「兩個豎仔，我一個人就夠了。」梁宛玉大剌剌地說。

「眞猛！」

夏八成拷問著兩名俘虜。「場子有多大？」

「麻雀十萬一底，打槍三千塊一堵。」

「嗯，局勢還不錯嘛。」

當夏七成等人揮舞著刀斧闖入貨櫃廂內的時候，裡頭正玩得熱鬧，小舞台上還有電子花車女郎扭著光溜溜的屁股助興。

夏七成大叫：「不要動！」

場中頓時大亂，女郎尖叫、賭客忙著收拾賭資，保鏢們大驚小怪、胡亂蹦跳。

一個坐在門邊的混混冷不防從懷中掏出「黑星」，卻沒料到梁宛玉斜刺裡奔來，死命一口咬在他手上。

夏七成等人還在混戰，忽然聽得一聲槍響，大家都楞住了，回頭一望，只見梁宛玉舉槍朝上，喝道：「誰再動動看？」

保鑣、賭客、女郎忙不迭自動背靠廂壁。

夏七成等人興高采烈地掃光各桌上的賭注。

梁宛玉用槍管一指其中一名小腹微凸、左頰上生著一顆大痣的中年男子。「那傢伙剛把一疊鈔票藏進口袋，我看見的。」

中年人嚇得發抖。夏七成朝他一伸手。「拿來。」

那傢伙只得乖乖聽命。

梁宛玉用槍亂指。「還有那個、那個、那個……」

夏七成搜刮得不亦樂乎。

行動完畢，大夥兒跑回車上，梁宛玉一加油門，早把犯罪現場遠遠拋在背後。

夏七成等人頭昏腦脹地數著鈔票，又爲了總數爭議不休。

「唉，回去再算，反正這票做得有夠大。」夏七成笑著說。「我們不去找那對金牛了。」

梁宛玉反而有些失望。「你們本來只是想去搶他們的錢？」

「倒也不是，我們是眞的很堵爛。」夏七成嘆了口氣。「但現在怎麼搞呢？全世界的人都已經知道我們要去找那個金牛……」

「沒全世界啦。」梁宛玉笑著。

「又是妳，又是博士……唉，算了。我話說在前面，如果那對金牛眞的被人刣了，可沒我們的事。」

夏八成把計算完畢的鈔票分出了四分之一，遞給梁宛玉。「這份是妳的。」

「謝謝，我不要。」

「我也算準了妳不會要。」胖菩薩笑瞇瞇地說。

三人一陣興奮過後，終於不支陣亡，在後座睡得東歪西倒。

「也不怕我把他們一路載到警察局。」梁宛玉暗暗好笑。

高速公路交流道出現在眼前，大哥大可又響了起來。

梁宛玉固執地噘著嘴，最後還是因爲生怕吵醒了那三個熟睡中的寶貝，才勉強拿起話筒，那端卻沒聲音。

梁宛玉不耐地：「幹嘛啦？」

「妳怎麼不罵我？」高行健怯生生地說。

「懶得罵。」

「妳眞的生氣了是不是？」

梁宛玉心情好了些。「你女朋友呢？」

「走了。」

「吹了？」

「不吹還行嗎？」

「對不起哦。」梁宛玉不無幸災樂禍地說。

「沒有，其實不干妳的事。她走了之後，我坐在那邊想了很久，發現我從頭到尾就沒喜歡過她，我猜她也是一樣。我只是有點急，四十好幾了，還沒……」

梁宛玉沉默著。

「小玉……」

「嗯？」

「我不該……」

「沒關係，我真的是有點賤。」

「妳不要這樣說……妳不要……」高行健的話到末了，竟彷彿傳來了些哽咽聲。

「你怎麼了？」

「沒有……我不該罵妳的……」

「剛剛那是什麼聲音？」梁宛玉緊緊追問。

「沒有啊。」

「有，我聽到了！」

「沒有嘛。」

「你在哭是不是？」

高行健頓了一下。「對啦……沒哭出來……」

梁宛玉高興地：「沒出息！」

「我只是想到妳這些年一定過得很辛苦，不知道妳是怎麼過過來，妳眞的很有勇氣……」

「你也過得很苦。」

「我知道我們的毛病了，我們都太孤獨了……孤獨得跟神經病一樣，對著電話筒談戀愛。」

「誰跟你談戀愛？」梁宛玉邊說，邊望著黑漆漆的窗外，自己的影子正反映在窗玻璃上。

她終於忍不住喟嘆：「是啊，我們都太孤獨了……」

「我還不知道妳長得什麼樣子……」

「我啊，漂亮得要命！」

「我塞！」高行健忍不住低呼。

「哼！色鬼！」

無線線路上沉默了半晌，梁宛玉仍夾著大哥大，神情幾乎已在半睡半醒之間。

高行健接著傳過來的聲音也有點輕飄飄的：「我們的朋友都睡著了嗎？」

「早睡死了。」

「他們好像都是很可愛的人。」

「對啊，其實，只要是人，都很可愛嘛。」

「眞沒想到，今天晚上坐在家裡動都沒動，結果卻經歷了我這輩子最驚心動魄的冒險故事……妳開了一晚上，不累嗎？」

「還好啦，我經常這樣開……你知道，車子是很奇怪的東西，你一坐上去，就好像覺得自己是一隻鳥，什麼地方都可以去，但有的時候，它又好像監牢，把你鎖得死死的，就好像那些坐牢坐慣了的犯人一樣，坐久了就不想出去了。你在裡面好像什麼都有，比誰都大，但一離開車子，你會忽然發覺你其實什麼都不是……」

「妳的體會很深，我只是偶然有點覺得……唉，其實滿恐怖的。」

「路是另外一種東西，它好像可以把你帶到什麼地方去，到頭來你卻發覺你根本什麼地方都去不了，你只是跟著它走而已……」

「路比較有希望，它本來是避免妳孤獨的，譬如說，妳可以順著它來找我……」

梁宛玉失笑。「只要它不封閉、不塞車的話。」

「那是封閉不了的，妳總可以找出另外一條路。」

「對啊，就跟我們一樣。」

「路的封閉並不可怕，人心的封閉才可怕。」

梁宛玉忽然直視前方。「喂，你看，太陽出來了。」

路的盡頭一片金紅，跑車好像要駛進那片亮光中一般。

「好漂亮啊！」

「我這邊還沒出來……」

「你等一等嘛，總會看見的。你哦，不該性急的時候老愛性急。」梁宛玉命令著。「好啦，快去睡覺，規矩的人應該有規矩的生活。」

車至泰山收費站，這兒又沒了太陽，站頂黃色的燈光森幽幽的，照耀著橫在站前的一長排警察。

梁宛玉一瞬間不免有些嘀咕：「總不會是高行健報案了吧？」

驚醒過來的夏七成等人更是心慌。「死了我！我們就沒幹什麼啊？我們爲民除害哩……」

「不要緊張嘛，不是抓我們的。」

站前沒人沒車，一片空蕩蕩的，只有一個右手插在口袋裡的年輕人，從一輛小貨車上走下，好像在西門町逛街似地，慢慢走向那一長排警察。

「還是不要過去好了。」夏七成不敢冒險。「這邊有一條小路可以用走的下去，妳把我們放下來好了。」

跑車停靠路肩，夏七成等人畏畏縮縮地溜了下來，越過護欄，走向邊上的一條小徑，忽然又一起停住，梁宛玉還以爲他們想幹嘛，卻只見他們一字排開，在樹下尿尿。

猛然間，一陣槍響劃破清冷的凌晨空氣，夏七成等人嚇得拉鍊都來不及拉，拔腿就跑；梁宛玉轉頭看時，只見那年輕人恍若一隻空麻布袋似地軟倒在地。

梁宛玉重回路上，緩緩駕車經過他身邊。

年輕人像條孤獨的狼，俯伏在水泥叢林廣闊的地表上。

又開了好一陣，梁宛玉的腦海中一直甩不掉那具寂寞的屍體，忍不住拿起大哥大。「你睡了沒？」

「新竹的太陽也出來了。」高行健顯然精神奕奕。

「我剛剛看到一個人被警察打死，好可憐。人死了會變鬼嗎？」

「不知道耶。他爲什麼會被警察打死？」

「因爲……」梁宛玉思索著。「因爲他跟我們一樣，活得太孤獨了。」

「我靠，妳越來越像哲學家了。」高行健頑皮地說。

梁宛玉「嗤」地笑出聲來。「喂，你不是有報警嗎？剛才害我嚇一跳。」

「有啊，後來撤銷掉了。」

「傻瓜。」

「妳現在在那裡？」

「我快到台北了。屁用，人家牌都已經打完了。」梁宛玉不甘心地嘆息。「我跟你講，我把車子停在民權東路、建國北路的那個停車場，你自己來拿，好不好？」

高行健沉默著。

「喂，你聽見沒有？」

高行健依然沉默。

「喂，你怎麼搞的嘛？」

高行健苦苦地問著：「妳要走了嗎？」

「當然，要不然幹嘛？」

「妳……會不會來找我？」

「高……嗯，我想過了，我們是不一樣的人，我們不可能在一起，今天過了就忘掉算了。反正，本來也就是兩個神經病在電話上打屁，還能幹什麼？」

「妳可以把行動電話帶著……我送給妳……我想妳的時候可以……」

「不要這麼沒出息！」如此說著的時候，梁宛玉卻猛然摀住嘴巴，淚水不停地在眼眶中滾動。但她仍然倔強地丟下電話，決然下車，鎖上車門，把鑰匙塞在排氣管裡。

她大步在人行道上走著，忽然停在一具公用電話前。「喂，貞貞嗎？妳們戰果如何？什麼？阿騷贏了？妳們怎麼可以讓那魯肉腳贏？遜嘛！……沒錯，就是因為我沒去！……什麼？還在打？妳們預備打到什麼時候？……等我？不怕死，眞的要等我？……唉，算了，我有更重要的事要做……打麻將？浪費人生！」

梁宛玉走回停車場，從排氣管內取出鑰匙，打開車門，撿起怪可憐的、被人遺棄了五分鐘之久的大哥大，然後懷著初戀少女的矜持與愼重，按下「REDIAL」。

開車上路

「這一輛太低了。」羅立通嘀咕著，轉開方向盤，車身彷彿隨著浪頭而起，傾斜地逡行於黑色浪峰的半中腰，他單手一撥，車子偏離海浪，重新回到陸地。他瞄了馬表一眼。

一百六。

對面車道射來的強烈遠光，不像往常一樣刺得他眼睛發痛。他甚至不想打亮自己的遠光燈還擊回去。

你照我的眼睛，我照你的眼睛，你亮我更亮，一群手持死光槍的魔鬼，衝鋒陷陣，但我可是要離開這個戰場了，去一個沒有光的地方。

羅立通忽然想從照後鏡中瞧瞧自己笑成了副什麼怪樣子，卻只看見一些昏昏的車燈，和一片在後座右方緩慢爬動的白影。

可不像是有鬼？羅立通每次晚上開車，都會瞥見這塊忽隱忽現的白影，不過從未如同現在一般，急欲探究它的來源。

他時快時慢，左右擺動，不停地瞟向後座。輪胎騰跳著，避震器偶爾發出「吱」的一聲。他心裡覺得輕鬆。

他不再急著去找可讓自己完全鑽到底下去的大卡車。

不該開上高速公路的，在省道上也許就方便多了，只需一轉方向盤，開上逆向車道，管他媽的撞上什麼鬼東西。這兒可梗著一塊寬寬大大的分向島，他實在沒把握這部老爺車能跳得過去。

還是照原來的計畫吧。他又想道。這是最乾脆的結局，一頭鑽進大卡車底下，絕不用擔心目的沒達到，反而半死不活地拖著下半輩子，也沒有別人會冤枉地賠上一條命。

但是還不急。

現在已經沒有什麼事情好急了。剛剛離開住處，駛上公路時的緊張完全消失了，費了多少天才做下的決定卻更堅持。本還真有點怕自己會婆婆媽媽，但照現在的情況看來，應該不會有什麼問題。心跳平勻，呼吸正常，手腳穩定，他確信自己一直到撞上的那一刻，身體絲毫都不會顫抖一下。

後面打來一陣遠燈，前方的路閃爍得像條河流。

「催什麼？」羅立通詛咒著。「王八蛋比我還想死嗎？」

羅立通只是穩穩地跟著前車走。王八蛋還在不停地打燈。前車好不容易越過外線的小貨車，禮貌地讓出路來以後，羅立通卻仍然不加速，他從鏡子注意那個傢伙氣急敗壞地超越外線的兩輛車子，加足馬力趕到旁邊。

羅立通仍然等著，等著對方的車頭趕平了自己的車頭，才猛然踩下油門。

兩部車子並排飛馳了三、四公里，八〇年的裕隆吉利，像一匹患了哮喘病的老馬，但他使它的肺燃燒起來，燃燒到極頂。車內溫度升高了，老馬跑出最後的腳力，終於把那王八蛋拋在後面。

羅立通興奮得大叫：「你眞有一套！你眞是一匹好馬！」他用雙手拍著方向盤，眞要嚷給它聽似地，把頭垂向儀表板：「好馬，你今年幾歲啦？八歲……嗯，如果是條狗，大概就等於人類地三、四十了吧？但你是匹馬……八歲的老馬……眞會跑……」

他喃喃不休，又更輕鬆了一些。所有的屈辱磨難似乎都已離得很遠很遠，都跟自己毫無關係了。

他隨便抓起一捲錄音帶，塞入機器，老舊磁頭軋擠出來的樂音，使他嚇了一跳。他從不知自己竟有一捲這麼好聽的錄音帶。

他跟著那不知名的歌手亂哼一氣，用狠狠踩住油門的右腳打拍子，引擎奏著狄斯可，車子跳著舞，他的心飛得比喝醉酒時還高。黑暗包裹著他，又有原始混沌般的寧靜，他獨自在天地未開的地方歡躍高歌。

搖上車窗。對，關起來，統統他媽的關在外面。這是一個黑而透明的箱子，有點像棺材，嗯，不用棺材，就這樣埋葬，用鐵與火。

樹像妖怪，車燈如幻燈，路消失了，融化在扁平發亮的墨黑當中。只剩下這輛車，這個人，這首他媽好聽的歌。

他切過一部大貨車，氣流把車子推向一邊，四輪離地騰起，音符拋向半空，節拍傾斜、擺盪，依據一張洗皺了的五線譜。

羅立通輕鬆地撥動方向盤，在兩條線上穿梭。他不同以往精準地計算距離，覺得可以過，手一偏就從內線滑向外線，再一把抓回來，反正碰到誰，誰倒楣，在他卻都是一樣。

他並沒有忘記要找一個大卡車的屁股，但起碼現在他可以放懷地玩一下。車道線啦、交通規則啦、方向燈啦，統統滾他媽的吧。路是無限的自由，要死的人是一隻有權飛翔的鳥。

有什麼顧忌？隨便來。就像那次在老萬的場子裡推牌九，不到半個鐘頭便將身上的錢全輸光了，老萬信任他，要多少，隨他調。兩天兩夜，他輸光了所有的積蓄。

「再來？」老萬開始有些憂慮地看著他。

「來呀，當然來。」

那種興奮得暈眩，眼球發亮，極端想笑，胸中再無牽扯的心情，又降臨到他身上。放開吧，手在方向盤上握太久了。人總以爲方向盤能帶你去什麼地方，小心翼翼地轉向這邊，轉向那邊，捧著規章條例，跟捧著他媽的個什麼狗屎一樣，其實帶你走的只是路，早就鋪好的路，如此而已。

他向後靠，扭開衣釦，右手搭上隔壁椅背。

本來就只需一隻腳，加油。除了加油，還有什麼好幹的？

馬表指針指向圓圈最底下的兩百，再下去就沒得好指了，正如他的生命，奔向一個沒有任何指標的領域。

羅立通感到極大極重的安靜。樂聲停頓在耳邊，老是同一個音符嗡鳴著，車子沉重安詳地滑行，它不像在突破速度的極限，反而像在尋找永恆的靜止。

對面射來的燈光已來不及刺傷他。整條路都是彎的，到處散布著一個個方方的障礙物，他如同浮在一條幽長的隧道河流上，緩慢地閃過一塊塊黑漆晶亮的礁石。

他眼睛瞪得有些發疼，覺得厭煩，開始搜尋大卡車的屁股。喏，前面那一輛似乎很理想，夠高，夠寬，夠叫一個笨蛋血肉模糊。

羅立通偏向外側車道，逼近那個大屁股。他一點都不猶豫，堅決地衝上前去。

逼近，逼近，像色情狂一樣地去摸它。卡車不見了，只剩滾動的大輪胎，黑暗刺激著放大了的瞳孔，羅立通彷彿聽見一陣遙遠的刺耳聲音，奇異光亮透進前窗，羅立通隔了好久才醒覺自己行駛在內車道上，大卡車卻慢吞吞的在照後鏡裡。

背上的衣服全濕透了。羅立通關掉音樂，搖下車窗。所有的東西一下子灌進車內，風、悶悶的喇叭、理由、決定……。

他盡量讓自己回復到輕鬆狀態，無所事事地坐在那兒，但原先的自信再也喚不回來了。

不簡單哩。羅立通感到惱怒，煩躁不堪，他想接著再試第二次，又覺得最好還是多積存一些勇氣再說。促使他開上這條路的種種因由猝然翻湧上來，折磨著他，強令他的身軀顫抖。

羅立通克制住這些想頭，試圖逼近另一輛大卡車，但手腳已不怎麼聽使喚。車子搖搖晃晃，如同一頭受了傷仍想奮力一衝的公牛。

內側車道忽然趕上一輛小轎車，喇叭遠光齊下。羅立通慌忙閃避，還沒來得及自問這舉動是否多餘，卻猛見前方亮出兩盞血紅的剎車燈。

羅立通反射地跟著踩下剎車，車頭折斷般甩向一邊，那莽撞的傢伙卻悠悠哉哉地向前直衝而去。

被人耍了的懊惱才剛升起，那傢伙卻又照樣再來了一次。「嘿，眞的不怕被我撞？」羅立通驚異地叫出聲，奇怪對方怎敢用公路上常見的惡劣把戲，來挑逗一個正要尋死的人。

他加足油門追上去。

那屁股優雅地掛著BMW，在浪中平穩前進。它扭到右邊，又扭到左邊，彷彿在炫耀自己的身段。

一個愛扭屁股的騷貨，一個挺喜歡讓人摸上一把的傢伙。羅立通忽然興奮起來。來來來，讓我們擁抱一下，讓我好好地摸一摸，就算咱們有緣，在通往地獄的路上相會。來來來，妳這個高貴的賤貨，我不曾坐過妳，不曾駛過妳，我只想死在妳的屁股底下。

八〇年的老馬也似聞著了腥味，奮鬣揚蹄，歡躍騰聳，不顧老命地發力前奔。BMW立刻有了反應，引擎雄渾壯麗地響著，一下子就跑出老遠。

羅立通坐直身軀，寂靜打破了，速度猝然凸顯出來，指針在圓圈底層掙扎，右腳踩下的力量明確關係著差距。車內溫度又升高了，血液澎湃不已，羅立通扯掉上衣，捲起汗衫袖子，一瞬間突然記起多年前的花東海岸之旅。

獨自在燠熱的季候裡奔馳，捲著袖子，讓鹽分、海風、太陽，摩擦肌膚。他想不出自己爲什麼老是一個人旅行，可能只是喜歡那種味道。本來嘛，生是一個人生，死也是一個人死，一切都只跟自己有關。

被別人逼著可就太孬了。羅立通快樂地想道。這本來也是自己喜歡的嘛！孤孤單單，沒有儀式，沒有安排，像一匹老狼半瞇著眼睛，安然撲向鹿角。

那賤貨卻太不痛快了！跑呢，媽的！

羅立通很想一直踩住油門不放，但他現在不得不注意轉彎、來車，或一些令人氣悶的鬼事情。既然決定要追，總不能先就把自己弄碎了嘛。羅立通無可奈何地嘟囔著，感到一種天使折翼墜地般的滯重與牽纏。

車子以空前的速度飛馳，羅立通手心汗冒得厲害，頭頂彷彿壓著鉛塊，一股電流貫穿雙眼，交迸出火花與疼痛。加油、減速、偏過來、抓過去……一點差錯都不能有，否則你就只是個皮焦肉爛的窩囊廢！

引擎發出燒開水的聲音，馬表指針終於戰不過速度，軟趴趴地伏在「0」的位置上。任憑什麼東西，也總有無法指的時候。

兩百二？兩百四？天知道。

車身快要散開了，每一顆螺絲都在抱怨。差距雖然縮小了一些，但羅立通心裡明白，只要那傢伙的膽氣夠，隨時都能把自己拋到十萬八千里外。

這已經不是在比技術或車子的性能。羅立通堅持著。

車子突破一重一重無形的關卡，衝過去，撞開它，習慣了些，第二重緊跟著又來了。沒得完，不錯，永遠都沒得完，除非你停。

羅立通猛地發現自己在笑，混和著眼角流下的幾滴眼淚。

BMW突然切向外線，直奔通往休息站的出口匝道。

羅立通楞了一下。這算什麼？想這樣就結束了？

他一轉方向盤，也朝出口匝道衝去。人不能夠結束已經開始的比賽。「他非懂得這個不可！」羅立通惱火地想。

停車場一片漆黑，沒有別的車輛。BMW剛剛關燈熄火，走下一條略胖的身影。

羅立通慢慢把車子停在BMW旁邊。那人在黑暗中站立了一會兒。似乎在打量自己的對手。但當羅立通走下車來，卻看見他匆匆消失在餐飲部的大門內。

羅立通掀開引擎蓋，深吸一口老馬肺部的熱氣，歉疚地搖了搖頭。

他感覺得到那傢伙從窗口望著自己，便向BMW移動過去，但馬上就改變了主意，大步橫過空蕩蕩的停車場，走進餐飲部。

清晨三點半，有誰會吃冷肉粽呢？羅立通站在一堆三角粽前噁心不已，卻仍從睡眼惺忪的服務生手中接下兩個，雙手握著，走到離那傢伙不遠的地方，成直角坐下來，把粽子「啪」地按在桌面上，好似按著兩顆手榴彈。

那傢伙頭垂得低低的，在喝一罐什麼尿液，還用吸管哩。羅立通從他緊繃著的臉，一直望到他微凸的肚皮，還有那擺在身旁椅子上的手提箱。

羅立通幾乎可以看見他陪他太太上超級市場的模樣。推著購物車，掂掂這個、瞅瞅那個。比別家貴一塊，不在這裡買。我不喜歡這牌子。嗯，這玩意不錯，幹嘛用的？……羅立通又看見他坐在辦公室內的高背皮椅裡，一手接電話，一手打計算機。不成不成，王經理，你沒搞清楚……而在某個深夜，某條王法管不著的公路上，開車開得像個瘋子，遠遠超乎他太太和同事的夢境之外。

但他現在離開駕駛座，孤零零地窩在那兒，又是個什麼呢？

羅立通三兩口塞下一個粽子，左手按著另一個，腮鼓得很高，咀嚼著。

那傢伙偏頭看了看他，發現他一直盯視過來，便趕忙回復成原來的角度。

「小子怕了！」羅立通惡意地想道。「小子，猜得著我是幹什麼的嗎？強盜？私家偵探？調查局？國稅局？職業殺手？可憐的東西！」

羅立通故意把最後一口糯米嚥得很大聲，嚇了那傢伙一跳。他又偏過來，生硬地朝羅立通點點頭，擠出難看的笑容。

羅立通轉開視線，剝著另一個粽子。他知道那傢伙的笑容僵在臉上，點得很低的腦袋一時也沒能抬高起來。他替那傢伙難過，但這是沒辦法的事。

他很快地吃完粽子，把粽葉集在一處，鋪平，用手按著。該上路了吧，他想。

但那傢伙愈喝愈慢，彷彿那是罐摻有腎結石的尿液，他簡直想走過去幫他把那東西喝光。

他瞪著他看，粽葉在手下發出不耐煩的聲音。

那傢伙的喉結上下蠕動，費力，很費力。他忽然放下罐子，看著門口，又看回來。

「先生，您貴姓？」

清冷的餐廳發出回音，羅立通看見那傢伙被他自己的問話唬得一楞，畏縮地瞅了瞅四周圍。

羅立通依舊瞪著他看。

「到高雄去？」那傢伙又問。

到高雄？到台中？羅立通一時之間竟沒有弄懂這句話的意義，茫然思索著。到那裡有什麼相干？有什麼重要？他難道不曉得我那裡都不去？這些根本不要緊，要緊的是——上路！

那傢伙又低下頭，躁鬱地吸著那根白白細細的管子。他用力吸了幾口，突然受了什麼驚嚇似地吐出吸管。他抿了抿嘴，又看向門口，一邊輕輕搖晃罐子，罐中液體發出的聲響，彷彿使他輕鬆了一下。他用雙手捧著那罐子，極小心地吸，吸一口，搖一搖，不斷向外張望。

服務生躲在櫃檯後面打盹，屋頂只開著兩排燈，窗外黑暗巨鬧似地壓進來，逼住兩排燈下的這兩個人。

羅立通耐心地等，用手搓著粽葉。他手指一停，整個餐廳便墮入死一般的寂靜裡。他搓一搓，停一停，世界就在生死之間徘徊。

吸管吸到罐內空氣的聲音，終於清晰地傳了出來。那傢伙放下罐子，額頭暴起青筋，他試著想不經過羅立通而把視線投向櫃檯，但好像難以辦到。他掉過身去抓手提箱，抬起屁股，卻又在距離椅面幾寸高的地方僵住了好一會兒，然後才猛地一掙，匆匆走出餐廳大門。

羅立通馬上跟了出去。

那傢伙本來似乎想朝停車場走，走了幾步，突地一拐，拐到廁所那邊去了。

羅立通只好停在門口方方的日光燈影裡。他掏出一根菸點著，瞄了一下扁扁的菸盒，回頭望望屋內。

仍是那兩排燈，仍是那打盹的服務生，羅立通懷疑自己剛在那兒坐過的同時，陡覺一股寒意冒上來。他收起菸盒，走入停車場上的暗影之中。

還是這兩部車嘛。羅立通恍恍惚惚地想。前方高處偶爾傳來一陣車輛奔馳而過的聲音，風一樣呼嘯，鞭梢似地抽打羅立通的神經。

他「砰」地摔上老馬的引擎蓋子，坐進車內。

那傢伙還沒從廁所裡出來。羅立通抽完菸，又等了一下，扭開電門，發動引擎，慢慢駛離停車場。

右轉之後，就見通往高速公路的匝道入口，隱在路旁兩排矮樹叢的盡頭。羅立通向前開了幾十公尺，開過一幢建築物，便把車子倒進右手邊的一條岔道內。

左邊是建築物，右邊是樹叢，羅立通對這藏身地點很感滿意，關掉大燈，左腳踩住離合器，打進一檔，彈簧般坐著。

又等了好一會兒，才見兩盞車燈鬼鬼祟祟地挨近來，顯然沒發現羅立通藏在那裡，從他車頭前面踮著腳溜了過去，隨即被樹叢遮蓋。

羅立通聽見BMW引擎逐漸發出輕快愉悅的聲音，出現在矮樹叢頂端，向上爬著有坡度的匝道。

羅立通緊了緊握住方向盤的手，在心中數著數兒，猛然扭亮大燈，鬆左腳，沉右腳，讓輪胎發出吱的一響，宛若猛獸由莽林中撲向獵物。

那傢伙已走完了四分之三的匝道，正小心翼翼的朝公路上窺探。羅立通飛趕而上，嚇得BMW尾巴撒出兩道紅尿，不知所措地停在匝道中央。

羅立通從他身邊硬擠過去，奔上公路，又立刻停靠路肩。他喘著氣，直望黑得發亮的公路，來往車燈如同流彈炸射。「上路啦！」他想，不停用手摩挲下巴，渾身發作雞皮疙瘩。

BMW慢慢爬上來了。

有時候你是不能倒退的。羅立通高興地在照後鏡裡看著他，遲遲疑疑，走一步頓一下。快點快點，患了風濕病的老人家，該走的還是得走完，難道想睡在半路不成？

那傢伙挨靠路肩，趦了幾十公尺，停在他後面，滾下車來，半跑半走地衝到他車窗旁邊。

「你到底想幹什麼？你說你說！你到底想幹什麼？」

羅立通抬眼瞪他。「他吼什麼呢？眞怪！」羅立通呆滯地想道，一逕瞪著他看。

那傢伙扳住他的車窗邊緣，想把整個車門卸下來一般。「我警告你……我……，我報警！你這個流氓！無賴！你……你想幹什麼嘛？」

「我開車。」羅立通說。「我在路上開車。」

那傢伙的嘴唇扭曲著，終於掉頭走開，坐進自己車內。

羅立通以爲他會中輟旅程，不禁有點緊張，但BMW滑入車道，不快不慢地繼續向前行駛。

羅立通在心底歡呼一聲，驅使老馬重新跳進跑道，輕易地就追上對方。

他隔著自己黑忽忽的右側車窗，去看人家黑忽忽的車窗，他看不見那傢伙的表情，甚至看不見那傢伙的影子，但他突然覺得那傢伙很親近地跟自己在一起，比自己的任何親人都還要更親近一些。

「你是我兄弟，你是我情人，你是我終生的伴侶。」羅立通模糊地想道，邊把老馬猛個切到那傢伙的車頭前面。

他從鏡子裡看見那BMW歪歪倒倒地在路上頓了一下，又朝前開來。

「前半段你是條好漢，希望你後半段也是條好漢。」羅立通踩下剎車，尾巴甩向左邊，再踩一次，又叫它甩向右邊，退後，平行挨近。對方快走，他也快走，對方慢走，他也慢走，他在BMW旁邊跳舞，喇叭轟鳴，遠光閃耀，他慶祝他倆的友誼。

「現在，該是結束一切的時候了。」羅立通忽然想起自己要做的事，但那彷彿只是一個不相干的人在很久很久以前所做的一個不相干的決定。

這使他更加高興起來。他吹著口哨，降低速度，落到BMW後面。「會撞出一朵多麼漂亮的火花？」他想像著那壯麗的畫面，腦中不由一陣暈眩，用力踩下油門朝前衝去。

ＢＭＷ偏向外線，與內側的一輛大卡車並排而行。

羅立通加足速度，緊跟著ＢＭＷ轉換車道，距離對方大約只剩一個車身長短的當兒，他的心臟突被一股巨力扯裂開來，逆血迸湧，倒流進周身血管，他好像看見了些什麼，一縷激光，一道碎虹，一桌殘存的賭局。

他並沒察覺自己喉管不斷發作尖銳的嘶叫，踩到底的油門毫未放鬆，方向盤卻猝然轉向卡車與ＢＭＷ之間的那條很可能容不下一個車身的縫隙。

放開雙手，這是最後一擊！

老馬準確而無猶豫地一頭鑽進兩車之間，車皮貼著車皮，鐵板顫抖，空氣摩擦出慘嚎，車燈反彈成一片光海。

「過了吧！」羅立通厲吼未了，老馬已箭一般脫出兩車之外。

羅立通兀自茫然了半晌，方才放鬆油門，伸手扶住方向盤，慢慢停靠路肩。

大卡車帶著憤怒納悶的神氣，一直開了過去。羅立通回望後方，只見ＢＭＷ也已停在路邊，那傢伙從車內衝出，往後飛跑，跑了幾十步，驀地停下，雙手抱著頭，呻吟得很大聲，又猛個掉轉身來，連蹦帶跳地跑到自己車子旁邊，幾乎是用撲地撲了進去，死命關上車門。

羅立通此刻的腦筋根本弄不懂那傢伙在幹什麼，他探著頭，望著公路，望著那ＢＭＷ，煩悶地要找一些事情來想，但無論什麼事情都進不到腦海。

他打上檔，繼續朝前行駛。

不知何時天已亮了，曙光把路面的灰色洗得飄浮起來，對面的車子彷彿懸在霧裡。老馬痛苦地吹著哨子，跛了腳似地一跳一跳。

前方冒出一個交流道出口，羅立通立刻順著那坡子開了下去。

「這是那裡？」整個晚上，羅立通第一次如此自問。

老馬顛出匝道，靠邊停下，羅立通熄了火，推開車門走出來。

上方公路來往的車輛漸漸增多，一串串尖嘯劃過長空。羅立通搖晃著走了幾步，疲憊地蹲在車頭前面。

一些車子從他眼前直駛過去，跑天下、發財、速利、載卡多……他抽著菸盒裡最後一根菸，木然地在心中默念這些夥伴的名字。

一輛BMW十分緩慢地開下匝道。經過他面前的時候，好像停了一下，又好像沒有停。羅立通看不見裡面的人，也不知是否就是那輛BMW。

不過，都無所謂，反正它也跟別人一樣開過去了。

羅立通只是蹲著。在一個晴朗的早晨，逐一辨識公路上過往的車輛。

國道封閉

你睜大眼睛，在黑暗中，你給我仔仔細細地睜大眼睛。

告訴我，你看見什麼？

你說你看見了人類的靈魂，人類的命運，人類存在的處境與困境，以及人這個種族的過去、現在和未來。

你說人心本就是一條黑暗的路，但藉由某種神聖的指引，它將可以達到無生的境界。

你說眞理是不可磨滅的，宇宙是有理性的，而永恆的價值就像高懸夜空的孤星，亙古常明。

你說……

好了，你別說了，你我都知道你是在打屁。

現在你聽聽我的。

你睜大眼睛，在黑暗中，你給我仔仔細細地睜大眼睛，你的眼睛就像兩盞車燈……你喜歡青蛙燈？那也隨你的便，你的眼睛就像兩盞會蹦出來的青蛙燈。

告訴我，你看見什麼？

你順著這條路看過去，你的眼睛是車燈，你的骨架是車樑，你的血管是油路，你的四肢是輪胎，你的胃臟是油箱，你的肝臟是化油器，你的心臟是引擎，你的屁眼是排氣管。

現在，你告訴我，你看見了什麼？

你說你看見這條路彷彿很直，但終於會發現它是彎彎曲曲的。

你從一個大坑上面開過去，震動得你鼠蹊部一陣痠痠的，好像想撒尿。

你說他媽的，白天經過這裡怎麼都沒有坑？

你應該知道，很多坑是在晚上才會出現的。

你看見一個傢伙奔馳在漆黑的公路上，他以爲他是自由的，他以爲他那裡都可以去。

他是全能的主宰，任何人都無法阻擋他前進。

但那兒有一個卑微的老婦人，她的臉龐好像風乾了千萬年的鮪魚皮，她的身軀只是一個毫無意義的垃圾箱。

而她正在橫越這台灣唯一的一條不准人穿過的公路。

他以時速兩百八十公里的速度，從她毫無意義的身軀上輾過去，她的頭蓋骨飛向一邊，她的腳底板飛向另一邊，至於中間的部分，必須煩勞公路養護組的工人們用鏟子給弄走。

其實這還是最輕鬆的一面。

當你把眼睛望向白天，你就會明白我的意思。

你坐在南台灣陽光下的駕駛座上，你的鼻頭發紅，汗流浹背。

你的前方排著一千部各種形狀的車輛，另外一千種形狀的車輛則排在你的後面。我們最好不要再看左邊及右邊，免得反胃。

你扭開收音機，但那些柔美感性的語聲，只會撩起你更大的火氣。你一寸一寸地向前挪，踩著油門的右腳背痠得好像脫了節。你偶爾跟慢了些，使前車與自己的距離拖出了大約十公尺左右，後車的喇叭馬上就催過來。你罵了聲「幹」，勉強緊跟著前車的屁股。

也許你又偶爾打了個呵欠，一邊打呵欠一邊就多踩了一下油門，於是你的車頭便撞上了前面的屁股。

你更火大了，推門下車，惡狠狠地瞅著自己的車頭，前面那傢伙則惡狠狠地瞅了瞅自己的屁股，於是一個掣出木刀，一個舉起拐杖鎖，在火熾的天空下展開一場拚鬥，打完了又各自上車，各打各的呵欠。

當然你覺得無聊，你不會每天都幹這種把戲，你也許想將眼睛伸進那輛貨櫃。

那不是一輛普通的貨櫃，那裡面擺了三桌麻將，兩桌牌九，還有一名金髮碧眼的洋妞兒正在搖臀晃乳。

警察永遠抓不到它。

警察天天在公路上穿梭巡行，但似乎逮不著什麼東西。

此刻就有一組刑警正在南下七十六公里處慢慢磨蹭，他們所緝捕的兩名殺手則在七十七公里處慢慢磨蹭，而殺手想要暗殺的三名省議員則在七十八公里處慢慢磨蹭。

「他媽的，這要搞到什麼時候?」一名殺手說。

「我們罵沒有用，高速公路不歸咱們管。」一名省議員說。

「唉，急什麼急?反正時間是公家的。」一名刑警說。

「我敢打賭，他們一定也塞在這裡。」另一名刑警說。「不如下車走路，一輛一輛查過去。」

「我們應該走省道，省道不塞車，又歸咱們管。」另一名省議員說。

「這眞是狗養的笨東西造出來的路。」另一名殺手說。

沒錯，眞是狗養的笨東西造出來的笨東西。

於是你懷著一顆無法忍受的心，躲在你超現代化的車房裡建構一輛無可匹敵的車。

你用等同外星殞石成分的塑鋼打造車身，輪胎的韌性超過世上所有橡膠的總和，玻璃則是一萬面防彈玻璃的強度。

你的引擎可以發揮三倍音速的功率，跑得比飛機還快，你的剎車卻能在零點零零一秒的時間內留下零點零零一公分的剎車痕，你的懸吊系統不在乎三百六十個三百六十度旋轉，你的電瓶賽勝七十六座原子反應爐，驅使你的喇叭與車燈發出如同釋迦牟尼腿下蓮花座的聲與光。

你的全方位行車電腦和所有繞著地球軌道運行的人造衛星連線，你知道全世界任何地點的行車狀況，也可以在任何擁擠的路段恍若泥鰍一般切換超越。

而最重要的是，你或它的外貌沒有絲毫跟別人相異的地方。

於是你駕著絲毫都跟七九年份一樣的「千里馬」出發了。

你在第一個十字路口便遇上了一輛砂石車。它根本不管紅燈綠燈，從你面前張牙舞過，還撂下一句十分大聲的「幹」。

你笑了笑，腳尖使出踩死一隻螞蟻的力氣，輕飄飄地追到它身邊，然後輕飄飄地問它：「你說什麼？」

它依舊給你一句十分大聲的「幹」，還把它十五噸重的車身壓向你的車道。

你倏地超前，剎車，讓它十五噸重的車頭撞上你的屁股，撞成了一片永和豆漿店的燒餅。

你看見那個嚼著檳榔、驚詫莫名的司機跛下車來，不可思議地望著自己燒餅也似的車頭。

你探出腦袋，輕飄飄地說，老哥，還好你沒撞壞我，否則咱們法庭上見。

你開在台北東區的馬路上，一輛計程車在你身後猛按喇叭。

你讓它超到你前面，然後用捻死一隻螞蟻的力氣，回按了一下喇叭。

你看見那傢伙嚇得頭頂撞上車頂，差點撞成了永和豆漿店的蛋餅。

你開到他旁邊，探出腦袋，重重地說，老哥，這裡是文教區，即使你沒有讀過書，也不要打擾人家讀書。

你碰見一個自以爲是東方不敗的雅痞小子，他駛著保時捷或瑪莎拉蒂或捷豹，一路狂飆，有空就鑽。

他第六次想插到你車前的時候，你打開電腦，以千分之一吋的距離攔在他前面，電眼完全掌握住他的動向，他朝右，你就朝右，他往左，你就往左。

你看見他氣得膽汁衝上臉龐，冒險把車子切入隔鄰車道兩車之間的縫隙，立刻就被油罐車和運豬車前後夾成一塊每斤十元的廢鐵。

你又碰見一個好像西方不敗的肥頭老包，他的賓士四五〇載著三名妖嬈女郎，在高速公路的內線道上以四十五公里的時速兜風溜達，根本不管別人在後面發急詈罵。

你用你的保險桿頂住他的屁股，把他從台北一直推送到高雄，讓他在澄清湖的湖水裡完成整個浪漫之旅。

你把並排停車的車輛統統送進垃圾場，漫不經心占據右轉道的傢伙則送進修車廠；你把明明已經動不了卻偏偏還要往十字路口塞的痞子攔腰撞成兩截，愛走路肩的痞子則乾脆叫它滾下山崖。

你驚動了全台灣省的交通警察，他們出動了五十個小隊來圍捕你，你坐在一百輛警車中間高唱〈愛的陷阱〉，然後輕鬆突圍而去。

現在，你睜大眼睛，告訴我，你看見什麼？

你說你看見了人類的無限。

不管白天夜晚，也不管國道有沒有壅塞封閉，人類可以無止盡地突破自己。

你說人必須要把眼睛伸向前方，就像青蛙燈一樣，蹦出來伸向前方。

你的眼睛是車燈，你的骨架是車樑，你的血管是油路，你的四肢是輪胎，你的胃臟是油箱，你的肝臟是化油器，你的心臟是引擎，你的屁眼是排氣管。

你其實只有一百五十三公分高，骨瘦肉乾。你走在人群中一向如同一隻保齡球瓶，飽受人們推擠碰撞。

於是你懷著一顆無法忍受的心，躲進你無可匹敵的車，沿著公路流浪。

當你繞著台灣跑了八十一圈，弄壞了所有庸俗腐敗的車子之後，你厭煩透了，終於承認自己其實沒什麼地方可去。

你想走下車子，重新過那屬於你的一百五十三公分的生活，這時你才發現你已跟你的車子牢牢地黏在一起了。

你坐在南台灣陽光下的駕駛座上，你的鼻頭發紅，汗流浹背。

你的前方排著一千部各種形狀的車輛，另外一千種形狀的車輛則排在你後面。

你永遠得聽那些柔美感性的語聲向你報導路況，你踩著油門的右腳背永遠瘦得好像脫了節。

我再問你，你看見了什麼？

你他媽的少對我橫眉豎目，告訴我，你看見了什麼？

好個翹課天

火車站前的廣場可能是全台北最開闊的地方了，尤其在早上七點，人還不太多的時候。你可以看見一些傢伙從地下人行道口冒出來，提著行李，走路走得像一隻懷了孕的企鵝，齪極了。然後你看著他孤零零地橫過那偌大空間，一邊喃喃咒罵自己的皮箱，那種感覺是很妙的，使你以為自己好像正坐在南極洲的邊緣，或是什麼大沙漠、大草原的盡頭。你也可以看見更遠的地方，公路東站那一邊，一些公公母母，揹著烤肉架，穿著牛仔褲的塞貨在那兒牽扯扯、進進出出。隔著這麼遠去看他們也是挺爽的，因為你如果站得太近，包準會把腸子都嘔斷掉。

我們喜歡開闊的地方。也許你會說，國父紀念館、中正紀念堂以及成千上百個地方都比火車站廣場來得大，但我認為這樣比較根本不對。火車站讓你覺得馬上就可以跳上一列火車跑到任何地方去，遠離台北這個垃圾坑。「開闊」和「大」是有差別的。

假使火車站前人多起來，遮擋住視線，我們就寧可到「夢灣」、「十字星」那些鬼啃的咖啡廳去窩一整天。那裡黑得什麼都看不見，睜眼和閉眼沒兩樣。這就是我們對於地點的要求——你如果看不很開，就乾脆什麼都別看。

那天早上，我們七個就這麼一字排開地坐在火車站前曬太陽。時節正當初春，無論氣溫、陽光、濕度等等都正好適合翹課，我們不是那種沒水準的混混，颳風下雨也翹課。絕非我說話囂張，我們七個的名頭在「海山高中」可真是響叮噹，一令既出，全校遵行，連訓導主任的威權都比不上我們。我眞希望你能有機會來看看我們在學校裡有多跳。

大家都叫我們「海山七俠」。你必須先了解「俠」字的意義，方能明白我們七個肩負著多重的道義與責任，以及我們經歷過多少轟轟烈烈的奮鬥。總之，這玩意兒是不簡單的。

我勸你最好少去看那些武俠小說和武俠電影，那裡面的俠都是些又蠢又齪、裝模作樣的雜碎。我不蓋你，那眞是一堆由狗屁編劇、狗屁小說家攪弄出來的天底下最最狗屁的東西。

「狗屁狗屁，都是狗屁！」每次我們去看這一類的電影，鐵會如此大吼一頓。

我們才不在乎其他觀眾氣咻咻地回頭瞪我們呢。爛就應該罵，我們不耐煩搞那些假兮兮的虛套，心裡分明不喜歡，嘴上卻說「啊，你的頭髮好漂亮哦」或「你好偉大吔」。這麼做最他媽的窩囊不過。

我們坐在臨近公路西站的鐵欄杆上。大頭坐在最左邊，再來是阿永、我、小虎、老歪、雜八和豬蛋。

小虎最近很喪氣，這次翹課就是我爲他發起的，他實在需要散散心。

豬蛋每隔三分鐘就要進站一趟。他是那些自動販賣機的把弟，不常去對它們鞠躬，很覺愧對良心。

這次他捧回來一杯牛奶，喝得像個羊癲瘋。

大頭說：「給我喝一口。」

豬蛋不肯。「自己去買。」他斬釘截鐵地。

我們罵他小器，他卻振振有辭：「誰曉得他有沒有疱疹？」

這話已不新鮮，最近我們常拿它來開玩笑。譬如說我摸你一把，你就猛喊「疱疹！疱疹！」起初還滿好玩，但任何東西一炒再炒，總不免叫人厭膩。

大頭指著雜八說：「他才中了鏢。你們看他的臉。」

我們這下笑了。雜八的臉確實腫得像個楊梅大瘡，那是被他老頭打的，因爲昨天晚上他罵他老頭「痞子」。

老歪問：「你老頭又喝醉了是不是？」

雜八餃子餡似的嘴角一掀一掀，放出些不太容易辨認的符號：「豈止喝醉！吐得像條狗。每次吐又都吐到我床上。總有一天搞毛了，我一輩子都不回去。」

我說他活該被揍，罵老頭「痞子」本來就該被揍。要是我，我鐵罵「齪子」，老頭可能聽不懂，而我的氣也出了。

但大頭說如果人家聽不懂，你的氣就不可能出。你之所以會消氣，乃是因爲你看見人家因你的話而生氣。他還說了些狗向人吠，人就不會生氣一類的驢言驢語。

我根本懶得和他辯，腦殼大的傢伙歪理特別多。

有一次我們去北投洗溫泉，洗那種可以游泳的大眾池。大家在一起脫衣服的時候，我們忽然發現大頭脫褲子的動作是一次完成的，他連外褲帶內褲一齊脫。我們都覺得他很反常，因為我們從小就都是一條一條脫的。

我們笑他，他卻說：「你們怎麼從不仔細想一想『為何非要這樣做不可？』」

人生似乎充滿了這類牛角尖。我們不得不承認他有理，而他也贏得了「脫褲子哲學家」的尊號。

我們曬夠了太陽，便按照慣例先到「三陽彈子房」去換便服。請你別誤會，我們絕不是那種娘娘腔的男人，愛打扮什麼的。凡是翹過課的人都懂這個道理：如果你掛著書包、穿著制服滿街溜達，遲早會出紕漏。你簡直難以想像那些狗養的少條有多無聊。還有一些更無聊的老包，我是說那種成天在人多的地方閒晃，眼睛專揀年輕女孩子的屁股去看的老包。他們會把你的學號抄下來，寄到學校去，還附上一封文情並茂的信，用一大堆四書五經裡的蠢句子把你描繪得一文不值。台北街頭站滿了這種老包，你眞拿他們一點辦法都沒有。

在走往彈子房的路上，老歪忽然想出了個菜點子，提議第一站先去三重埔看閉路電視，但被大家否決了。

阿永是土台客，對三重埔最熟悉，他說：「小電視不會那麼早演的啦，那有人剛剛起床就去看嘿？」

他總將「那個」說成「嘿」，亂鮮一把的。

「而且，」豬蛋齜牙咧嘴地發表高論：「那些紅滋滋的東西看多了眞教人噁心，不蓋你，眞他媽噁心透了！」

老歪一口咬定他昨晚打過手槍，所以今天才沒興趣。豬蛋的臉立刻紅漲起來，我保證中華商場三樓上的那些賣骨董的老包都聽得見他嚷嚷：「我才沒有！我才不搞那種東西！你才搞那種東西！你他媽的變態狂！」

他還嚷了很多，把我們笑痛了肚子。

我說這種事情沒什麼好否認的嘛，那個年輕小夥子沒來過兩下子呢？就說我吧，我一天卯上三、四次都很普通。

豬蛋邊笑，邊將肥肉團團的身子直勁跌。「自戀狂！自戀狂！」

大頭糾正他說，這是自瀆狂，跟自戀狂絕對不一樣。

大頭眞是個愛做文章的狗種。

我們在三陽彈子房的廁所換便服，一個一個背著書包進去換，好像要用書包把屎尿裝回家去似地。每換出來一個，其餘人就給他一陣掌聲。一個土裡土氣的塞貨進趟廁所就能變成花裡叭噠的大少爺，實在鮮得死人。但認眞想想也實在很無聊，我們就像一群時裝伸展台下的三姑六婆。男人有時會不知不覺地犯上娘娘腔的毛病，這眞是天底下最糟糕的事情。

不過，當老歪最後一個出來的時候，我們仍報以最熱烈的噓聲。這痞子眞花，他身上的每一件東西都經過精挑細選、審愼搭配，他絕對不會從一條綠色的褲子裡掏出一個紅色的打火機。

有一次我們討論如果將來賺了錢，第一件該買什麼東西。阿永說買地，大頭說買房子，豬蛋說存起來，雜八說找個高級妓女睡上十七、八覺，老歪卻說他第一件要買法拉利跑車。我們問他，只有車沒有油，屁用？他說：「有車子就不必擔心沒油。」

我想他的意思是，他用車子帶馬子兜風，但馬子必須出油。這倒滿絕，不過必須擔一些把馬子笑跑的風險。

彈子房剛開門不久，除了我們沒半個客人。計分小姐還留了不少呵欠在那兒慢慢地打，但她顯然很歡迎我們來。她是個嘴裡好像塞滿了碎玻璃片的傢伙，而且三八得很。你最好別逗她笑，那眞對不起你自己的耳膜。

她說：「你們又翹課呀？」她老用這句開場白，然後她會嘆氣：「你們學生的命眞好。」

然後鐵定來上那麼一大堆「要用功喔」、「考不上大學喔」之類臭不可聞的唾沫語言。

我們通常都以「狗屁」回答她，她說一句我們就回一聲「狗屁」，邊打我們的彈子。她的脾氣滿好，我們不用擔心她發火，不過她計時間的時候你要特別注意，她很會偷時間。

她把腳翹上椅子，用一根小刷子爲腳趾甲化妝，她曉得我們都在看她，所以塗得很起勁。她不曉得的是，我們對她的腳趾並不感興趣，我們只想看看她的三角褲是什麼顏色。

「已經三月多了喔，還剩多久聯考？」她邊將左腳大趾抹得像惡鬼的舌頭，邊嘮叨不休。「你們一定考不上的，」她忽然換上台語，「你們這些壞囝仔。」

「狗屁！」阿永說，「我們考不考得上，干妳什莫素？」

她說：「唉，你怎麼這樣？我是爲你們好嘛。如果你們考不上大學，能幹什麼呢？你們將來怎麼辦？」

「我們將來也坐在這裡搽指甲油。」豬蛋自以爲很幽默，說完了立刻哈哈大笑，可惜沒人跟他一起笑。只聽「噹」地一聲巨響，把計分小姐翹在椅緣邊上的腳嚇得一滋溜，身體差點跟著栽翻下去。

「怎麼打得這麼大力嘛?!」她扭過頭看見那個球是小虎打的，她就不那麼火了，她改口好聲好氣地說：「輕一點嘛，球檯被你弄壞了。」

小虎不理她，又用力打了一球，但沒打進，球兒飛出檯子滿地亂滾，大頭只好爬到檯子底下去撿。

小虎把桿子一豎，靠在牆上懶洋洋地看著外面。

計分小姐繼續塗抹她的腳趾甲，繼續聒噪：「我將來一定要好好管教我的孩子。他們一定要考上大學、出國放洋，然後把我接出去享福。年紀輕輕的一定要多想想，將來怎麼辦一定要先計畫好……」

我們聽夠了「將來怎麼辦」。將來自然是要發大財，每個人都或明或暗地這麼告訴我們，但卻不告訴我們怎麼才能發大財，因爲他們自己也不知道。我們可只知道這個：書讀得好並不一定能發大財。

小虎忽然走到她面前，把那計分用的黑板使勁一敲。「從前像這塊黑板，將來也像這塊黑板。擦掉一個時間，寫上另一個時間，直到這塊黑板爛掉爲止。人生就是這麼回事，大屁，噗！」

聽小虎如此說話，眞教人不痛快。他本是我們之中最有銳氣的一個，一直對前途抱著很大的信心與希望，但最近幾天他卻像個半死不活的老頭子，原本亮熠熠的眼珠竟變得一團混濁。

令他喪氣的原因之一是他沒能選上籃球校隊。他本想在今年的「自由杯」大展神威，畢業之後就可以加入甲組球隊或當選「亞青杯」國手。我敢對三十三天的所有神祇發誓，他的確有這份實力，結果他卻連校隊都未能選上。道理其實非常簡單，我們學校所有愛打籃球的人全都聽他指揮，有他就沒有教練。

後來他想自己組一支球隊去打自由杯，但始終湊不齊人手。我們六個裡頭只有雜八還可以打兩下子，其餘的都不行。我是打棒球出身的，你知道，這玩意兒很能滿足人的性幻想。上了海山高中，我不得不放棄球棒，那簡直如同閹割。一個鬼學校的操場甚至沒有內野大，怎麼可能會組棒球隊？小虎說我的爆發力強，勸我改打籃球，但我只打了三天就沒味了。我習慣把球握在手裡，和握著你的卵蛋一樣，而不是去拍它。我一運球，它鐵定從我的胯下溜過去。小虎爲此對我很不諒解。

計分小姐傻楞楞地看了小虎半天，又低下頭去弄她那噁心的腳趾甲。

老歪和雜八挑不到三桿就吵起來了。他們兩個都自認爲很高桿，所以總是吵。這樣一來大家都沒興致了，尤其我，我最不喜歡看見好哥兒們吵架，那教我很難受，有時喉頭甚至還會哽哽地。

我們付了帳，把裝著制服的書包丟給計分小姐保管，走出門外。人脾氣的大小和空間的大小有必然的關係，三陽彈子房的屋頂那麼矮，難怪人容易惱火。其實追根究本，台北就嫌太小，簡直讓我們伸不開手腳，如果我們七個是生活在大草原上的話，絕不會爲了鳥毛屌皮而吵吵鬧鬧。

我們沿著中華路走了一段，還沒走到中山堂就又嘻哈開來，最主要的原因是我們看見一個齪子在過馬路。他本都已快走到分向島了，但最內側的那條車道飛來了一輛計程車，迫使他不得不退到第二條車道，第二條車道卻又來了輛小貨車，於是他又退到第三條車道，然而又遇見公共汽車，最後他只好退回人行道。

這實在是一幕絕妙的啞劇，看他連蹦帶跳地跑過去又跑回來，氣喘喘地站在原地乾瞪眼，眞夠把人的鳥都笑歪。

我們停下來看他是不是還要照樣再來一次，但他發覺我們在笑他，便悻悻地走到路口行人陸橋上去了。

我們也爬上行人陸橋，但並不走過去，我們停留在中央曬太陽，低頭看街上的行人和車輛。才八點半，時間多得很，我們有一整天可以磨蹭，什麼事都不做，光只磨蹭。在小框框裡待久了，自由自在地站在這兒往下看、往遠處看，看一整天，簡直比做愛還爽快。

我們當然明白，人終究是要被套牢在某一個框框裡，但我們不想那麼早就被套牢，尤其在我們還沒完全搞清楚框框裡到底有些什麼東西的時候。

世界上充滿了各種小框框，小得悶死人。有一次我沒上朝會，躲在廁所熏草，我忽然從窗口望出去，那幅景象可眞把我嚇呆了。我是說，你忽然看見一千多個一模一樣的齪蛋排列得整整齊齊地擠在一個小到不能再小的操場上，而你知道你也是其中之一，那種感覺眞可怕，眞教人想吐。我想看看小虎他們，但找來找去就是找不著。我想如果我自己也排在那隊伍裡，我恐怕也會找不著我自己。

我一直看著他們，直看到全身發硬。以後每逢朝會、週會，或不管什麼紀念大會，我排在隊伍裡全身都會發硬。

人類社會必須有一些框框，但問題是框框能不能不那麼小。拿學校這個框框來說吧，如果你的功課不好，你就是個混蛋。我承認功課是很重要的，數學啦、國文啦這些東西。但假使你硬是搞不好它們呢？你就只得安安穩穩、死心塌地地去當混蛋。

我們七個裡頭其實很有些人才。除了小虎出神入化的籃球之外，雜八的吉他彈得棒透了，大頭對哲學頗有研究，阿永可以光聽你用嘴講，就把你老頭畫得像極了你的老頭。結果又如何？我們仍然是堆混蛋。

小虎跳到欄杆上坐著，臉色開朗多了。陽光、空氣以及廣大的空間，眞有不可思議的魔力。他坐在那兒，嘴臉十分愜意。這時正好有一匹火車從下面跑過去，他就把雙手放開直勁揮舞，身體向後仰成六十度，裝出馬上就要掉下去的樣子，嘴裡還嗚哇嗚哇地叫。

我們都很佩服他，他確實非常帶種，幹架從來不輸。雖然最近幾天他的心情很壞，但他仍是條蹦得上天的好漢子。

老歪說：「老婆還沒討咧，別這麼不愛惜自己嘛！」

小虎將兩顆虎牙一齜，那模樣活跳得很。「少打屁！」他把這三個字說得像三顆大龍炮。他從頭到腳都摻有痛快的因子，有時便不免有些番番的。

老歪卻正正相反，拖泥帶水、重色輕友，最不上路了。

阿永把整個上半身掛在欄杆外面。「這樣摔下去，可能摔不『鼠』喔？」

我們叫他摔摔看，如果摔不死，我們鐵請他喝十杯冰鎮酸梅湯。

豬蛋的眼珠猛個轉，大家都知道他鐵又在那兒想俏皮話了。我們有時就故意停下來，聽他要怎麼講，假如他講得不好笑，我們就給他一頓排頭吃。這種企盼似的沉默往往使他感受到很大的壓力，硬擠出一些又低級又蠢的笑料。這回他說：「你別怕進殯儀館會寂寞，最起碼有老唐陪你作伴。」說完了還給自己配上一些罐頭笑聲。

我不但沒笑而且很火，人都已經死了還拿他開玩笑幹什麼呢？

小虎擰著眉毛罵他狗種，叫他閉上那張×巴嘴。

豬蛋將胖嘟嘟的面頰一搭，剛吃打過的兔兒一樣。「什麼嘛什麼嘛，這算什麼嘛？」

老歪不耐煩地說：「哎哎哎，老唐那種東西，提他幹什麼？晦氣！」

整座海山高中絕無半個人喜歡老唐。他是個邋裡邋遢，說話又沒人聽得懂的老工友，無論你在那兒看到他，他準抱著個收音機專心地聽，好像裡面有鬼在講話，廁所臭得夠把三千里外的蒼蠅都招惹過來，他也不管。校長「牛肉乾」根本拿他無可奈何。牛肉乾膽敢開除他，鐵會挨上一百多刀。

我們三年六班的導師「孟子曰」對老唐尤其深惡痛絕。他曾在課堂上大罵老唐是人渣，是社會的蛀蟲，是吃現成飯的，是拿一分錢做一分事的勢利鬼。罵完了還附帶告誡我們，當今社會有太多太多的人感染了老唐這種病態「經濟價值觀」，所以我們該當如何如何地來避免。

這番狗屁話眞叫我起反感。一個從民國三十三年就開始當兵的人，會有多少拿一分錢做一分事的觀念？照現在的價碼，殺一個人可能値上好幾十萬，老唐豈不早變成大富翁了？依我看，老唐的不做事乃是因爲他覺得這些事根本毋需他動手。他的力氣與精神是用來殺人的，不是用來掃廁所的。在太平時代長大的人，實在不該怪他。他打從年輕就被訓練成那樣，殺人或被殺。他被套牢在一個框框裡出不來，而他的那個框框遠比我們現有的任何框框都要悲慘偉大高貴得多。

我本也不喜歡老唐，他看人總是逼著眼睛看，我是說，想釘入你的靈魂那種看法，教人渾身不自在。但自從孟子曰那樣罵過他之後，我開始覺得他是受盡冤屈污衊、背負著時代苦難的大英雄，孟子曰那種齷蛋連他的一塊香港腳皮都比不上。

當我這麼想的時候，幾乎哭出來。最近我好像變得有點多愁善感，這是很糟糕的毛病。

結果你猜怎麼著？兩管「純文高中」的馬子居然就在這時從我們面前經過。這些騷馬子老在我心情最糟的時候出現，簡直教人火冒三丈。

她倆一看見我們攔橋而立，馬上低下頭，靠邊走，但嘴角邊硬憋出來的酒窩笑紋，卻是再明顯不過的信號。

阿永緊張得褲襠都濕了。「很正喔！很正喔！」他在我們每個人的面前打轉，說「很正喔」，眞不曉得這算是那種動物的求偶法。

老歪自然不需他提醒，立刻嘻皮笑臉地挨上去亂蓋。我早說過他是個重色輕友的痞子。他蓋馬子的時候，你最好少在旁邊聽，那些話壓根兒不是說給人聽的，他一定會用上這句：「你不曉得我對你的感覺，眞的，那種感情好像什麼什麼。」

我實在難以想像一個人到底要齷齪到什麼程度才會把自己的感情分析給不相干的人聽。但偏偏就有很多傻瓜馬子喜歡聽。你一提到什麼感情啦、感覺啦，她們就把眼睛碟子似地瞪著你，你甚至可以看到那兩粒瞳孔在跳吉利巴。我想她們都中了電視連續劇的毒，你知道那種狗咬的電視劇，男女主角一被對方甩鼻涕似地甩了，就隨便拖個人來大大分析一番：「我對她的感情是那種那種的」，他們厚顏無恥地滔滔敘說，好像他們手裡正捏著一張菜單。至於男女主角面對面地你分析你、我分析我，就更別提了，那眞噁心得無以復加。

豬蛋和雜八也湊過去了。你別看豬蛋肥頭肥腦的好像很蠢，他才會用他那紅潤潤的臉色勾引馬子哩。而且他一輪起那些低級俏皮話，總能把騷馬子逗得格格笑，我只奇怪她們格完了怎麼沒有蛋掉下來。

我和小虎、阿永、大頭仍然靠在欄杆這邊。我們不作興搞這套。

小虎是條鐵錚錚的好漢，他不想要的話，女人脫光了站在他面前他都不會多看一眼；如果他想要，無論什麼美女都會自動爬到他腳下來。我不蓋你，我們確實認爲他有這種本領。大頭呢，一語可以概括：沒種。阿永其實很有點蠢蠢欲動，但我們不放他過去，他那口國語實在鮮得太過分了，在台灣住了一百代的閩南人都不會把國語說得那麼難聽。

至於我，我根本沒胃口。我對大部分的馬子都沒胃口。我不像老歪，他只有一個標準——凡是允許他把手指伸進內褲的馬子都是好的。能使我喜歡的馬子不多，眞的不多。而糟糕的是，不管我喜不喜歡，都沒什麼用處。請別誤會，我的性腺並沒破洞。我是說，如果我眞正喜歡上一個女孩子的話，我不會設想將來和她在一起的種種情形，我根本不想這些，因爲我知道我將來不可能和一個我眞正喜歡的女孩子在一起。

你多半不明白我的意思，除非你是個跟我一樣的混蛋。我喜歡的女孩子總讓我覺得自己是個混蛋。

我們三年六班的窗口隔著操場正對二年三班。你大概已經想像出我們的操場有多小，不過你大概還不知道二年三班是一班鬼女生。

其中只有一個不鬼，她叫馬綿綿，正好和我肩比肩地坐成一條水平線。我可以聽得見她笑，看得見她和隔座同學傳遞紙條，對老師撒嬌。那眞是酷刑。我每偷瞄她一次，絕望就加深一分，而我又不能不偷瞄她。這雖然娘娘腔透了，但我實在拿不出別的辦法。

「一起去看電影？」豬蛋直在那兒慫恿，兩管「純文」馬卻直在那兒傻笑搖頭。

「我們還有事吔！」那種做作出來的柔細聲音，絕對可以牽起你整整一中隊的雞皮疙瘩。「我們眞的有事吔！」紅著臉、咬著嘴唇、傻笑、講些言不由衷肉麻兮兮的話，就是這些騷馬所有的伎倆。有時你會忍不住替她們悲哀。

馬綿綿碰到這種情形，絕不如此處置，我敢保證。

「不要這樣嘛，難得我們這麼投緣。說眞格的，妳們不曉得，那種感覺是可遇不可求的……」

又來了！又來了！我的老歪娘，眞虧他能如此缺乏創意。

「完囉！釣不到囉！」阿永急得團團轉，他這副瞎起鬨的德性當眞惹火了我。我三步兩步靠過去聽他們到底還要多久才扯得完。

兩管馬子似乎已經有點同意了。「你們要看那一部嘛？」

老歪趕緊打蛇順棍上。「妳們想看那一部？」

我可不搞這套，我緊接著他的話尾說：「我們要看《殺出鬼門關》。」

豬蛋猛用手肘拱我肚子，我夾頭劈腦地就給了他一巴掌，兩管馬子居然笑得喧天價響。她們大概以爲我在耍寶哩，叫我不得不板下臉。

「我們要看他媽的《殺出鬼門關》。」我特地用上不准討價還價的語氣。

一管馬子眼睛一睨，下巴一揚，喝！本性露出來了。她說：「我們要看《痛心的季節》。」

老歪忙答「好」，一邊還對我猛使眼色。我當然會意，所以我說：「怪事！妳們對演婊子的電影那麼感興趣？」

眼盯盯地看著兩張血色撲人的面頰一層一層、一點一點地黑下去，眞是滿絕的。

老歪大驚小怪地嚷嚷：「你怎麼這麼不人道？對命運悲慘的小人物應該寄予同情……」

我說與其去電影院裡面邊嚼爆米花邊掉眼淚，不如把電影票錢捐給寶斗里。我又說：「你別嘴上講得好聽，如果你去寶斗里×完了×，鐵他媽屁股一拍就走，連一毛小費都不會多給。」

老歪幾乎要跟我拚命，而我卻大有斬獲，因爲我無意中發現了一條定律：假如你想把馬子氣跑，只消當著她們的面講實話。她們總把實話當成髒話。

我們走下天橋，迎面就碰到一個齷貨。這傢伙，你知怎麼著？他肩上掛著個女用皮包，踏著雙高跟鞋，襯衫、褲子也全都是那種鬆鬆垮垮女人型的，頭髮還燙成個什麼式樣，走路一擺三扭，好像胯下夾不住鳥。

這種齷貨現在漸漸多起來，你隨便在那個街口站上一秒鐘，就能看見十來二十個。不過我們今天特別火大，我們就跟在他後面走，看他搖屁股。

他起先還沒留心，一扭一扭地滿像回事，但他並不鈍，一會兒就發現自己背後正綴著一大串危機，他便搖不順暢了，走兩步偷瞟一眼，而且愈走愈快。

我們開始笑他，用各種話罵他，只因漢中街派出所就在附近，我們才忍住沒搥他。

他終於拔步開跑，穿過大街跑到派出所門口一站，膽子可壯了，插著手示威似地瞪著我們。他即使氣到極點也仍不脫娘娘腔，眞令人跳腳。

我們又隔街罵了他一頓才走開。這種事雖然很無聊，但有時候你實在會忍不住。巴眼望著這些軟趴趴的男人在街上擺來盪去，你總會想用些什麼方法去制止他們的。我始終認爲地球上如果全都是女人的話，鐵會好得多，因爲那將沒有戰爭，最大的戰爭也不過是一堆碎嘴子的吵吵鬧鬧。但如果非得要有男人不可，那就非得要有男人的樣子。聽任一群人妖在街上扭屁股，不如發把天火將地球燒得一乾二淨。

我記得有一次老唐把一個二年級的男同學拖到後操場去著實修理了一頓，因爲他十個指甲都塗滿了鮮紅帶金粉的指甲油。

老唐邊甩他的耳光，邊罵：「你他娘的學女人?!你知不知道那邊正有幾十萬根砲管對著我們？你他娘的還有空學女人?!一砲轟死你個王八！」

過沒幾天孟子日害病，校長牛肉乾雅興大發，親自給我們代上歷史課。小虎突然問他：「鄭克塽時代的風氣是不是跟我們現在一樣？」

我們叫他「牛肉乾」是有道理的。他雖長得矮矮胖胖，但總讓你覺得有點縮過水的味道，尤其在他不知所措的時候，一張臉又黑又乾又癟，眞像排列在「新東陽」櫥窗內的那些東西。他拒絕回答小虎的問題，我們也沒希望他會給我們什麼答案。

我還記得當時我忽然想起一幅挺好玩的畫面，幾十萬根砲管瞄準著一個軟趴趴的大蛋糕。蛋糕上還有很多螞蟻，有些吃得肥頭肥腦，連爬都爬不動了；有些在搖屁股；有些在互相擠碰，爭地盤；更有一些長相惡劣的死命搜刮著奶油，滾成一球，滾到別的地方去。

我叫阿永把它畫下來，好去參加壁報比賽，阿永瞪著眼說：「這有什莫意素？螞蟻、大砲、雞蛋糕，有什麼意素？」

我們挑了整個西門町唯二沒看過的片子之一，是部國語片。另一部就是那《殺出鬼門關》。摸過我們口袋的人都會同意我們的選擇。電影這東西未必一分錢一分貨，土產品也未必比不過舶來品，但我們那天卻實在後悔，爲了省幾塊錢而受了九十分鐘的罪。

那是個以貧民窟爲背景的故事。但我的老媽！我從未見過那麼漂亮的貧民窟。滿街乾冰煙霧，跟在雲端上面差不多，房子外表雖破，但破得很藝術，而且天空時常灑下一些七彩怪光，把那些破坑爛洞粉飾得十分迷人。

大頭在整個過程中罵不絕口，因爲他老頭正是工人，他家正住在不折不扣的貧民窟。他一直說：「他媽的！騙子！他媽的！騙眼淚、騙鈔票！金光黨！他媽的！金光電影公司拍的！」

我們安慰他說，從前小人物連當配角的資格都沒有哩，他用力拍著扶手大叫：「寧可沒有！沒有總比假兮兮要好！」

他駁得我們啞口無言。而我們望著滿場觀眾哭的哭、笑的笑，滿意地離去，我們更沒得屁放。

我想起不久前看過的另外一部電影，是演一個脫衣舞孃的遭遇。萬華、三重、板橋那些專演歌舞團的戲院我們都去過。那種舞台、那種樂隊、那種舞姿、那種消毒藥水的味道，還有那些觀眾整齊劃一的擺頭動作，我敢說都是全世界獨樹一格的。結果銀幕上出現些什麼鬼玩意？簡直比他媽拉斯維加斯還豪華，我的老天！

我不想再多說了，總之，假兮兮得可怕。這種假兮兮的東西，今天我們給了它另外一個名稱──「人道」。

從另一面說來，這樣稱呼一點都不錯。人確實是生活在虛假之中，每人臉上戴著一副假面具，拍電影、寫小說、做生意、搞這搞那，即使在他們偶爾午夜夢迴面對自己的時候，也不肯把面具拿下來。

似乎沒有人願意認識自己到底是個什麼鬼東西。

軟趴趴、假兮兮，就是我們用來對抗幾十萬根砲管的法寶。

吃完午飯，我們越過環河南路，爬到堤防外去坐。

正午的天氣更好，太陽烘得人渾身麻癢。一些風撩來撩去，老在你感覺最舒暢的當口，跑得無影無蹤，你只好靜心等待下一陣。坐在那兒敞開毛孔等風，確是很好玩的。

我們躺著、坐著、蹲著，吼、叫、笑，隨便亂扯，從天南到地北，從嘴巴到性器，從隨便那個鬼到隨便那個鬼。

我最喜歡這樣子，無拘無束無心機，一群好哥兒們在一起，像一座堅固的堡壘。我相信世界上沒有任何東西能夠抵擋我們或破壞我們。這眞比那種溫呑呑的男女之情痛快多了，我眞希望你能來參加我們，全世界的人都能來參加我們。

這時忽然跑來一隻小狗，是那種長得很好笑的小狗，蓬鬆鬆一大團毛。牠簡直像是用滾一般地滾過來，小紅舌頭掛得老長。我們逗牠玩，把牠抱上腿來胡鬧，把牠四腳朝天地翻過來按牠的肚子，牠的身體只有手掌般大，但也跟你我一樣，暖暖地，也有什麼東西在裡面流動，在裡面跳，眞是奇妙極了。

我們跟牠玩了好一陣子。牠最喜歡小虎，一直纏著小虎，尾巴拍打著小虎的腳踝。小虎簡直樂歪了，寶貝似地捧著牠，笑得好大聲。但老歪那殺千刀的痞子卻一直在旁邊毛手毛腳地戳牠。小狗不高興了，擺出生氣的架式，但老歪仍然不停地戳，還發出那種很討厭的「哦哦」笑聲。

小狗終於火大了，狠狠咬了他一口，跑掉了。

「啊喲！啊喲！」老歪抱著他那根討厭的手指頭一直叫，把我們笑得要命。不過看著小狗那麼氣呼呼地跑走，我還是很難過，本來玩得很好的嘛，結果卻不歡而散。我想小狗如果有淚腺的話，鐵會氣哭的。

小虎罵老歪是齪蛋，幹不出半件好事。我們都很贊成。老歪根本不敢回嘴，小虎制得他死死的。

大頭忽然提議我們應該去看看老唐，他說：「他生也是一個人，死也是一個人，太寂寞了。」

這話很有點悲哀味道，我們都不說話，大概都在想那個四方臉孔、濃眉凹目的燕趙大漢，孤零零地在世上走了一轉，終於無聲無臭地滾進墳墓，甚至不會有人為他嘆半口氣。

大頭又說：「如果他晚生三十年，他會變成什麼樣子？生早了並不是他的錯。」

我說你很難想像他活在太平時代會變成個什麼樣的東西。也許他會開創出一個大企業，大賺太平錢；也許他會學得一身類似牛肉乾、孟子曰、校隊教練的本領，使盡各種卑鄙手段以求躋身高位，把正直的人壓在底下；當然他也可能變得和我們一樣。唯一可以確定的是，他絕不會那麼不合時宜，那麼慘得可笑，挨了大半輩子的子彈，到頭來卻遭一群半夜爬進校園胡鬧的小太保送上西天。

小虎從地下抓起一把草，使勁揉，揉得一手草汁。他說：「我他媽看穿了。這個世界根本沒有半點可以入眼的東西，全都他媽齷齪骯髒透了。」

豬蛋他們又烏鴉似地疊聲勸他別把籃球校隊看得那麼重，但小虎的臉色並未好轉。只有我知道眞正叫他喪氣的原因，那是我們兩個人的祕密。

我們學校有一個音樂老師，我眞不知該如何來描繪她。她的名字叫做崔玉潔，正可用來形容她的皮膚，她的聲音好聽得不得了，宛如牛奶流過琴絃，面頰又鮮嫩又豐潤，好似兩片四季常熟的水蜜桃，而最可貴的還是那份氣質，我敢保證你跑上天宮都找不到對兒。有時她也會露出一點嬌憨模樣，教人看著眞會疼得跳起來。

她還很年輕，大約只有二十三、四歲，聽說她已結過婚，但這沒什麼，並無人去計較。我的意思是，當你眼睛看著她的時候，心裡絕對不可能亂動邪淫念頭，你鐵會把一切煩惱全忘掉，笑笑地聽她講、笑笑地回答她，把她當成你的媽、你的女兒或你的哥兒們，而當她坐在教室前方彈琴唱歌的時候，她更是一個遠遠超乎你我之上的東西。

海山高中的任何課都有人翹，就是音樂課沒人翹，你不相信可以拿著點名簿來查堂，你會發現平常校園內出名的霸王、雜碎、狗種，全都乖乖的，天使也似地坐在教室裡大唱「再見什麼多」之類的蠢歌。

她不僅可以激發出你純摯高貴的情緒，而且還讓你覺得親切，這一點最難，我不曉得那個聖人聖女有她這種本領。我們從高一開始浸潤在她揮灑出來的神奇氛圍裡，我們簡直不能想像，海山高中如果少了她會變成怎樣的一攤死水。

但一個禮拜之前，那個我詛咒過一萬遍的中午，我趁著大家午睡的當兒，爬出圍牆去買了包草，回來時因爲我好像看見訓導主任在那兒巡邏，所以只好從另一邊爬入校園。如此一來，要回教室就必須經過牛肉乾辦公室的窗戶。我躡手躡腳像狸貓一樣潛行，不料剛走到他窗下，就聽見一種「唔唔唔」的聲音。如果你看過「X」級的錄影帶，鐵認得出那種聲音。

我並不意外。牛肉乾這種貨色不管什麼齷齪勾當都幹得出來。但我實在不該偷看，假使我知道我會看見什麼東西的話，我寧願把我自己的眼珠子挖掉也不去看。

可是我想我會看見那個教英文的「大哺乳」或圖書館的「迷你裙」，所以我很快地找到一條縫隙，湊上眼睛。

我不曉得你有沒有嘗過血液凍結的滋味，那種從腦門一直冰到腳底板的滋味。

被全校學生眞誠愛戴的崔老師正坐在牛肉乾的辦公桌上，裙子撩到大腿根部，兩隻腳時鬆時緊地跨圍在牛肉乾水桶似的腰間，雙手死命摳住牛肉乾的脖子。她的上衣半褪至手肘，奶罩也鬆了，牛肉乾正把頭埋在她的胸脯上，勇猛而專心地啃著她的乳頭，啃出噁心的聲音。

她還把頭向後仰，閉著眼睛，不停地「唔唔」。那副嘴臉，我想我永遠都忘不了那副嘴臉，眞像透了一頭母豬。

我不曉得在那兒站了多久，眼睛雖一直貼在那條窗縫上，其實並沒有繼續看下去，我只是僵在那裡，連動都沒有辦法動。

終於我發覺動作好像停止了，聲音也減弱了，我才想到應該再看看清楚那個女人到底是不是崔老師，然而我聽見牛肉乾喘吁吁地說：「怎麼樣？怎麼樣？」

我永不願重敘崔老師回答他的那句話。我好像被人敲了一鐵槌似地跳起來，拔腿就跑，一路跑，胃一路翻騰，跑到樓梯口的時候終於忍不住吐了出來。我從未如此猛烈地吐過，吐得我整個人都跪在地下，沒了力氣。

那天下午的第一節課，整整五十分鐘我恐怕連姿勢都沒調整半下地坐在座位上。下課後他們拖我去熏草，我跟著一齊去了，但沒放半個屁。

上課鈴響之後，我拉住小虎，當時我實在忍不住要找個人講話。我所以選擇小虎有很多原因，其中之一是我認為他會很冷靜，而我也可以跟著冷靜下來。但是我錯了，現在我眞希望這事只有我一個人知道，即使萬不得已要讓天下的人都知道，也非瞞住小虎不可。

我們翹掉第二節課，把自己反鎖在放掃把的儲藏室裡，面對面地坐在地下噴煙。我一五一十全告訴了他，他起初沒有什麼反應，只是瞪著一雙大眼珠子看我。過了好久，他才說：

「小郭，你別開這種玩笑！你別開這種玩笑！」

他把這句話反覆說了好幾百次，每說一次眼睛裡的光芒就暗下一分，好像其中正有兩座光明神殿逐漸崩坍下來一樣，到最後只剩下了兩個黑洞。

我們又對坐著抽了五、六根菸，他忽然又開口說話，但這回把我嚇了一跳，因為他的聲音變得那麼尖，好像肺癆鬼想竭力忍住喉腔裡湧上來的濃痰一般。他說：「我總希望她永遠都是那麼好，那麼有氣質，那麼漂亮，講話永遠那麼好聽，將來生一些好孩子，跟她丈夫永遠生活在一起，使我們這些不相干的人看了也覺得高興……」他說著說著，居然哭起來了，那眞可怕。我壓根兒不曾想過他居然也會哭，更別說這種不可思議的哭法。他把整個頭拗在胸前，狼嗥似地抽泣，我簡直不曉得該怎麼辦，我寧可吐死也不願這樣哭，光聽聲音就教人難受極了。

從那以後，小虎的眼裡就不再有奕奕神采，兩顆虎牙也很少露出來了。小虎幾乎變成了病貓。

阿永說：「你不能這莫講啦，這個素界上最起碼有一件東西素公平的——叔間啦。」

大頭說他錯了，死才是最公平的。如果人不會死，時間那有什麼屁公平？

這倒不賴！每個人都是同樣的幾把骨頭、一泡爛水。這想法令我們大家都高興起來。

雜八撐開他被老頭打得臭腫的嘴巴，哈哈大笑。「所以說嘛，科學發達到底有好處，你可以用一千種方法叫自己不痛不癢地死掉。」

豬蛋瞪起眼睛鬼吼：「什麼死掉？應該說不幹了，老子辭職！嘿嘿，我辭職總可以吧？」

我說假如我老是這麼個混蛋的話，我鐵要向生命辭職，不過從另一面講來，假如我眞是個混蛋，我鐵會活得好好的，跟其他那些混蛋一樣。

他們都很同意我的說法，不停地點腦袋。你猜那像什麼？眞像一堆混蛋。

我們窩上「夢灣」三樓去等藍雪梅她們，我們早就約好了晚上去跳舞。這次翹課我反對她們參加。跟馬子一起跳舞乃迫不得已，一起翹課更極盡天下之無聊。一票男人窩咖啡廳當然非無聊所能形容，但我們實在沒有別的地方可去。

老歪一直在講他釣到藍雪梅的情形。他的意思大家都明白：藍雪梅他要和，我們夠義氣的話，就別跟他爭。他實在太多慮了。藍雪梅雖然名噪遐邇，但大多數的我們對她並無多大興趣。她這還是第一次跟我們出來，從前她都和一些美國學校的痞子混。

我們在那軟趴趴的沙發上窩得脊椎骨都彎了，藍雪梅她們三個才來。藍雪梅、何婉芬和汪一玲，三個都是騷包。

她們不知在那兒換的便服，總不外廁所一類地方。我們相對擠眼，因爲她們三個都穿裙子。穿著裙子來這種咖啡廳赴約會，你馬上可以確定她們要的是什麼。

起先大家把三張桌子併在一起，大夥兒圍圍坐，總不能一見面就急吼吼地亂搞嘛。

藍雪梅本來一屁股坐在小虎旁邊，但五分鐘之後小虎上了趟廁所，就不著痕跡地和老歪換了位子。

那眞好玩！當小虎走去走來的時候，你可以清清楚楚地看見三管馬子的眼睛是怎麼個跟法，她們簡直想把他吞下去。尤其在他回來時，她們都不自覺地往旁邊挪，渴望他會坐在她們身邊，結果小虎卻坐在我和阿永之間。

藍雪梅沒咒念了，只得耍出奇蠢無比的一招。她一團泥巴似地靠進老歪懷裡，嗲聲嗲氣地打情罵俏，眼睛卻一直偷瞄小虎。

她大概以爲小虎也是那種愛吃沒來由乾醋的混帳東西。躺在一個男人的懷中去勾搭另外一個男人，確實能刺激不少混帳東西的性腺，譬如說，我就會有一點。但她完完全全地把小虎看錯了。她要出這一套之後，今生今世休想叫小虎的手指頭碰她半根寒毛。

馬子們不久就開始發揮女性的特質，呱得滿座煩倒。碰到這種情形，通常我都是不搭腔的，你很難跟她們談出什麼道理來，她們的腦筋瑣碎得無法專注任何一個問題。和她們講話眞能把你氣得七竅冒蟲。

但今天她們竟惹到我頭上來了。何婉芬說：「小郭，你爲什麼叫小郭呢？」

我問我爲什麼不能叫小郭？

她說：「唉，難聽嘛，什麼大鍋炒、小鍋炒的。」

她們吃吃笑得像三壺剛煮開的尿水，於是我衝著她的臉說我要炒她的媽，眞把她氣壞了。眞過癮。

我和小虎跑下樓去閒逛。我們實在坐不住，一肚子鳥氣。

這時已快六點，天空飄下一些小水滴，我們爬上人行陸橋，想走往火車站那兒，但走了一半就站住了，現在走到那兒去似乎已沒有多大意義了。

小虎把著欄杆，眼望橋下，車子像水一般地流過去。他忽然說：「我一定要把這件事搞清楚，我想崔老師絕不是那種……」

我問他想怎麼樣搞清楚？我叫他別傻了，這又不是什麼天塌下來的大事，這種糾葛在我們的社會裡本來很平常，除了那個綠帽子丈夫和牛肉乾的老婆之外，誰都無權過問。

我嘴上是這麼講，但我心裡想的或許跟小虎差不多，我實在也想把這件事情搞清楚，否則簡直好像有點活不下去。

小虎執拗地說：「我一定要搞清楚，一定要搞清楚……」他突然大聲起來，幾乎是用吼的，向橋下的人群車龍吼了一句：「這個世界上到底有沒有好人呢？到底有沒有一定的東西呢？」

我狠下心腸說，這跟好壞沒關係，這只是性腺的必然作用而已。

小虎窮凶極惡地扭過頭來瞪我，我眞以爲他會一拳揍過來。我向後跳了一步，擺起架式，但他並不想打架，他又轉去死瞪橋下，那一臉頑固神情實在教人氣結。

他自對自地喃喃：「牛肉乾可能並不如我們想像中那麼齷齪，要不然崔老師一定不會跟他好……崔老師的丈夫可能是個大雜碎……崔老師可能也跟我們一樣，不喜歡被什麼東西套牢……她跟牛肉乾可能……」

我打斷他的話。我說不管崔老師跟誰攪和都沒關係，但我就是不能，眞的不能忍受她跟牛肉乾交配在一起的樣子，人世間再不可能有比那更噁心的景象。他們高踞在寶座上做著蛋白質的交流，老唐卻在他們的腳下刷洗廁所。

小虎眞的冒火了，大罵我是麻木不仁的狗種，我反罵他是娘娘腔的齰子。我倆就這樣站在雨中哼過來罵過去，隔了好久才發現渾身上下全濕透了。

我們到了那兒才知道舞會原來是一些美國學校的痞子開的，怪不得一進去就覺得味道不對。

我們來得太早了一點，人似乎還沒到齊，場面也還沒全部擺出來。主人倒還滿熱情，招呼我們坐下，又弄來一大堆蠢東西給我們吃吃喝喝。

客廳布置得很不錯，很有氣派，但是味道不對。聽他們夾土夾洋地說笑，怪彆扭。藍雪梅跟他們眞是一夥兒，一口洋涇濱說得眞流利，眞夠把我們唬得一楞一楞的。

阿永說：「這馬豬有兩套喔？」

我說這馬子再有兩套，也只是個大屁。我說這話並無安慰老歪的意圖，他快要結結棍棍地氣死了。活該氣死。

豬蛋偷從衣服底下拿出一瓶高粱酒，統統倒入一只大玻璃杯，然後把它放在旁邊的茶几上，活像一杯開水。這是我們慣耍的伎倆，每次舞會我們都要來上這麼一下子。有些人老喜歡在馬子面前裝出很豪邁的模樣，他不碰到我們便罷，否則鐵教他一路嘔回家去。

幾個假洋鬼子跑來跟我們哈啦，我們想騙他們喝那杯水，但他們實在太傻了，傻得連當都不會上。

有一個叫 Roger 的傢伙說：「你們理這種頭髮，簡直 no sense, you know? So ugly! 我幸好沒念普通學校，要不然我不可能忍受得了。」

我們本來對這種髮型深惡痛絕，但此刻我們竟異口同聲地說：「這樣比較涼快，你們懂不懂？cool, fresh, have wind blow……」

他們笑得滿好看，露出一嘴頗想被我們敲掉的白牙齒。大頭尤其火，他的英語發音曾兩度得到老師的讚賞。他怒沖沖地說：「What you laugh about, donkey?」他頓了頓，硬是擠不出下一句，憋得臉滴血。

Roger忙岔道：「對不起，我們you know這樣說話說慣了，不好改，我們其實也不喜歡這樣說話……」

這種假體諒更激怒了大頭，他嚷嚷：「怎麼，我講得不標準是不是？聽聽這句：I fuck your momomia！」

等他們走開之後，老歪罵大頭窮騷包，不會炫又他媽愛炫，自我難看不講，把我們的臉也丟盡了。他們兩個差點吵翻了臉。

我對誰都不偏袒，我只提醒大頭以後別忘了在句尾加上 ass hole。

過了一會兒，又湧進來一大票痞子，瞧那嘴臉，鐵不是美國學校的，頭髮跟我們一樣菜。他們和主人也不熟，但是一進門就很囂張地鬧起來，又吼又笑，亂放些屁話。我們看著眞不順眼，而他們好像也看我們不順眼，幾十隻眼睛便在客廳中央激出火花。

不管走到那兒，舞會全是這樣的，三山五嶽都有人馬殺到，於是便以武會終場。

阿永夾七夾八地數他們的人頭。「一、餓、三、素……叔五管性煮。一、餓、三……煮有三管馬豬？我駛！叔五管性煮架三管馬豬，不像話嘛？」

我說十五個男的加三個女的正好是十八羅漢，四楨。

不久燈光暗下來，音樂放起來，開始有三兩對下到中間跳舞。我們幾個都不很喜歡跳舞，我們只愛坐在旁邊看馬子扭屁股，那眞夠味。女人的曲線就數由腰至臀的那一段最美妙，一擺動起來，眞能把你的魂兒勾上天去。

藍雪梅跟美國學校的痞子鬼混了幾條，跑回來，我曉得她正把自己比擬作穿花蝴蝶或天字第一號大騷包，她鐵要和場中的每一個男人都跳上一條，確實印證了自己顛倒眾生的魅力之後才甘休。

她和老歪、豬蛋他們跳過了，又跑去和那票來路不明的痞子鬼混。那些痞子也眞愛跟她鬼混，跳舞的時候手都扶在她的屁股上。

老歪氣得快昏了，把那空高粱酒瓶子拿來放在自己的椅子底下。

阿永警告他說：「他們的人比我們多一倍喔！」

老歪惡狠狠地說：「摺單個兒，老子誰都不怕！」說完了卻不再裝模作樣。

藍雪梅被人摸夠了屁股又跑回來，因爲我們這邊還有些人沒摸到，她眞是雨露均施的。可惜她碰到了小虎和我。

我寧願跟二號騷包何婉芬跳，就是不肯跟她跳。不過我還算客氣。

她說：「來嘛，小郭，我們來跳。」

我說：「我這鍋子太小了，裝不下妳。」

她倒還笑得像個傻瓜，然後她就在小虎那兒碰了個大釘子。

那時我已在場中跟何婉芬攪和，忽然一聲暴雷似的「滾哪妳，大屁！」把全場人都嚇得蹦了一下。

我一扭頭就看見小虎怒吼吼地瞪著藍雪梅，神色可怕至極，活靈活跳的眼睛變得如同廟門口的凶神一般，我絕沒想到他竟會發出如此凶殘冷酷的眼光，我眞怕他這個人從此毀了。

藍雪梅顏面掃地，想哭又哭不出，跺了好幾下腳，又羞又惱地閃到一旁，抓起一杯水就喝，等我們反應過來，早已趕不及了。

我的天，那眞好玩！她一口就幹下了大半杯，然後就站在那兒直眼睛，嘴巴張得比魚還大。

我們一時間都忘了笑，只楞楞地看著她，嘴巴也張得跟她一樣大。其他人雖不知到底發生了什麼事，卻也都傻傻地望過來。

過了好久，大概總有半個鐘頭那麼久，她才掙出一句：「這是什麼呀？」

我們笑得倒在地下滾。「這是什麼呀？」她說。眞的鮮死了！

我們費了好大勁兒才能把背脊豎直，舞會又照常繼續，但藍雪梅不久便開始發酒瘋，大驚小怪的霶唬，又把屁股一直扭，隨便扯個人就嘻嘻嘻地直笑。

老歪極力想把她鎮撫下去，反而愈搞愈糟，她把襯衫釦子解開好幾顆，直起嗓門嚷嚷：「來！大鍋炒！來來來！有種的都來！」

老歪想拖她去廁所挖喉嚨卻拖不動。喝醉酒的女人簡直比牛還蠻。

藍雪梅把衣服扯得更開，粉紅色的奶罩竟還是鏤空的哩，那顆若隱若現，葡萄一樣的玩意兒把大家的眼睛都逗成了鴨蛋。「來來來！大鍋炒！」她彷彿又要伸手去脫裙子，急得老歪一把抱住她，連哄帶勸：「走，我幫妳挖喉嚨。」

「我不要挖喉嚨，我要挖×！哈哈！」她笑得像部鋸短了消音器的摩托車。「我要人挖我的×！」

架來的馬子竟鬧出這等醜事，太沒面子了嘛！我們一擁而上。大頭毫不留情，一拳揍得她肚子「砰」一響，那婆娘卻著實神勇，硬是不吐。

我們還想繼續施加壓力，那票來路不明的痞子卻圍了過來。「你們怎麼可以這樣？」他們氣勢洶洶地說，眼睛仍死盯著藍雪梅的胸脯不放。

這簡直太過分了！老歪衝口就罵：「×你媽！干你們什麼事？」

那票痞子立刻散成一個半圓。「你們那裡的？」

藍雪梅嘻嘻笑。「我們——海山高中的啦！」

痞子們呸不絕口。「海山高中盡出些爛貨！」

我們一向對「海山」無啥好感，每次別人問我們讀那所學校，我們鐵答「海山爛校」，可是我們絕不容許別人當著我們的面罵我們的學校。

小虎原本坐在另一邊生悶氣，一聽這話立刻箭也似地飆過來。「你們說什麼？」

「海山高中盡出些爛——」

那痞子的話還沒說完，小虎罈大的拳頭已搥上他臉，使他一塊門板似地倒下去。

「那個再來？」小虎的氣勢眞壯！他這麼大馬金刀地一站，獅眉虎眼地一瞪，手指骨節卡卡作響，任何一個人都不敢上前來送死的。

我是說「任何一個人」，而非「任何一票雜碎」，所以當那十四個痞子一齊衝殺過來的時候，我們並不特別意外，只是有點手足無措。我們在海山高中幹架向來都是挑單個，從來沒有遇見過剋爛飯的。但事情既然已經如此發生，我們可也沒習慣裝孬。

這眞是一次空前盛大的舞會！我們打得天翻地覆，所有家具都碎成片片。

我被三個痞子包圍起來，那眞好像有一大串鞭炮吊在身邊不斷爆炸。我的眼睛裡面都是星星，黃的、紅的、金的、黑的，熱鬧極了。我亂踢亂打，收穫大概也不少，因爲我時時可以聽見一些奇齷無比的哀號。然而我的腦袋愈來愈昏，星星都燃燒光了，只剩下一片黑幕。

等我稍微清醒過來的時候，我已躺在地下，一個痞子正騎在我的肚子上打我的頭。我拚出全力抓住他的手，然後望向場中，我這才發現美國學校的痞子也加在他們那一邊，怪不得我們會如此慘敗。雜八、阿永、豬蛋、大頭全都被擺平，小虎雖在那兒奮戰不懈，但看得出來他只是在做困獸之鬥。

二十多個人圍著打他，還有人用上了椅子、掃把、沙發墊等等東西，我相信你鐵沒看過比這更卑鄙齷齪的畫面。

小虎滿臉都是血，卻仍然像頭虎，他左衝右突，逼得痞子們團團轉。「有種的一個一個來！一個一個來！」他不住嘶吼，眼珠子都紅了。

但是沒有人聽他的話。將近四十隻拳頭冰雹般砸在他身上，他終於倒了下去，倒在滿地打爛了的東西中間，他仍然不停地說：「一個一個來！你們這些他媽的雜碎！一個一個來！」

有個痞子被打得很慘，鼻子歪到了一邊，他狠狠踹著小虎的肚子。「誰跟你一個一個來？過了時的把戲！小孩子的把戲！」

令我們想不到的是，藍雪梅竟尖叫著撲到小虎身上，用自己的身體護住他，還用那超高分貝的嗓門大罵：「X你媽！老娘跟你們拚了！你們敢再打他?!」

小虎對她這種出奇的行動並無反應，他只是楞楞地望著那群痞子，豆大淚珠從他深而黑的眼睛裡一滴一滴地落下來。

我們互相攙扶走出那天殺的假洋鬼子的房子。

何婉芬和汪一玲一直哭，討厭死了。藍雪梅卻像個白癡，左一步右一步地跟在我們後面走。剛走出巷口，她突然狗找地方撒尿似地跑到一根路燈杆下，嗚哩哇啦地翻胃吊腸。她到現在才吐，眞他媽的！

我們也站在路燈下檢查傷勢。小虎當然最慘，活像一隻包衣爛掉了的臘腸；其次恐怕是我，我的腦袋還有兩個大，所以我一直揉它，想把它弄小一點，豬蛋他們的模樣也足以證明他們已盡了自己的職責，只有那老歪，他媽的，他連一點事都沒有！我們在燈下看清楚他之後，幾乎全部都楞住了。

「總要有人保護馬子呀！」這就是他的解釋。「我們架馬子來跳舞，萬一馬子被人打了，怎麼交代得過去，對不對?」

我氣得講不出話。阿永他們都罵他是孬種、狗種，他受不了當著馬子的面被人如此奚落，又深深嫉恨剛才藍雪梅保護小虎的舉動，當下便口不擇言起來：「誰孬？誰孬？我可沒哭哇！你們搞清楚一點！」

我的第一念頭是：他完了！

然而他卻沒有完。小虎連看都沒看他一眼，掉頭就走。

我們都瞪著老歪，不消我們吐出半個字，他的額角就已開始冒汗。他分辯道：「我的意思是……他太傻了。你怎能希望別人都跟你一樣做個英雄好漢？這根本不值得哭嘛……」

我叫他閉上那個東西，否則我就撕爛它。

我們並沒有去追回小虎。我們只是靜靜地望著他消失在街角的暗影裡。

我們又窩到「夢灣」去度那沒營養的下半夜。阿永和大頭回家去了，我不曉得我爲什麼沒回去。

有時候你會很嫌憎自己，就像我此刻一樣。

我獨個兒窩在一個卡座上，對著天花板瞪眼睛，而老歪和藍雪梅、豬蛋和何婉芬、雜八和汪一玲卻在我身旁的黑暗中發出各種教人火大的聲音。在經過了那些事情之後，他們居然還有興致搞這種把戲，我眞服了他們。

我腦中忽又湧起那些關於大草原的幻象，現在還會想到這個眞是齷透了。「海山七俠」

已從此由江湖上除名，我還坐在這裡憑弔什麼呢？

我正想站起來，豬蛋卻早我一步跳到卡座間的過道上，走來走去，故意喘得很噪，邊用手亂摳自己的胸口，邊窮叫喚：「我受不了了！我受不了了！」

他們吃吃笑得好起勁。何婉芬尤其大聲：「豬蛋！你再死相？」她幾乎換不過氣了。我想等下豬蛋無論向她要求什麼，她都會答應的，因爲豬蛋太夠意思了，把她高人一等的功夫昭告於天下。

豬蛋又趴到地下做伏地挺身。「我受不了！我受不了！主耶穌基督！」

我有什麼理由要再繼續忍耐這種愚蠢的耍寶？我站起來，在豬蛋圓滾滾的屁股上踢了一腳。「別他媽賒盤了，沒出息的東西！」

豬蛋兀自笑嘻嘻地說些什麼他媽的牡丹花下死，做鬼也風流。我跨過他想走出去，藍雪梅卻在另一邊膩著聲音叫我：「小郭，來嘛，小鍋子。」

敢情酒還沒醒哩。我循聲挨近，這騷包的衣服又開了，老歪的手正在她的裙子底下。我問她叫我什麼，她說她叫我小小的鍋子，我便伸過手去在她的腦袋上敲了一記，絕非普通的敲。她抱著腦袋，沒了聲兒。

我說：「這個鍋子怎麼樣？嗄？這個鍋子怎麼樣？」

她悶著聲音說她要一×夾死我，我便又在她的腦袋上敲，使她摀著臉哭起來。老歪想要攔阻我，被我一把推了個踉蹌。我罵他孬種，是我這輩子所見過的最大的一個雜碎！

他的臉抽搐起來，他也伸手來推我，還說：「你！你跟小虎都自以爲是硬漢，其實你們什麼都不是，你們只是跟我一樣的雜碎！」

我其實並不火大，但不知怎地，我仍然狠狠地揍了他。他沒被那些痞子揍，卻被自己的哥兒們揍了一頓，我沒揍倒任何痞子，卻把自己哥兒們打在地下滾。

我走去三陽彈子房換衣服，那個計分三八打著呵欠問我：「還有三個呢？我們要打烊了呀！都快十一點了，難道要我坐在這裡等他們等到天亮不成？」

我說她大可合上那扇見了鬼的門板，他們三個都已經死掉了。

她搖著頭說：「下回再不幫你們保管書包了，眞是作孽！這麼晚了還在外面游蕩，你們將來到底想怎麼辦喲？」

我在街上亂走一氣，腫脹的腦袋裡彷彿正有幾十萬隻蟑螂在竄動。我開始後悔剛才竟做出那種事，我尤其不該打藍雪梅。她勇猛地護住小虎的景象一直鞭撻著我。那一刻她眞像一個聖女，雖然嚷嚷出來的話不很好聽，但她仍是個不折不扣的聖女。她臉上的神情我還記得很清楚，就算這模樣在她整個生命過程中只出現過一次，我也應該徹頭徹尾地尊敬她。

我的腦袋愈加疼痛，我倏地醒悟我們其實一直都被套牢在一個既窄又小、又蠢得可笑的框框裡，我們自詡喜愛開闊，其實卻是一群眼光胸襟都如老鼠一般的雜碎。我們對什麼東西都不寬容，只寬容自己的惡劣。

我瞎走了不知多久，突然發現自己正走在「十字星」的那條暗巷內。幾個拉皮條的傢伙倚在騎樓下抽菸，見我掛著個蠢書包，穿著身蠢制服，根本連哼都懶得向我哼一聲。

我經過「十字星」門口，正好一對傢伙從裡面出來，跟我撞了個面對面。我的老天，我眞嚇了一跳，那個女的竟是馬綿綿，她居然穿著裙子！居然短得距離膝蓋十萬八千寸！

我很快地朝她點了個頭，說：「馬綿綿，這麼晚了還不回家，不怕妳老頭打妳屁股？」

我講這話的時候並沒有停腳，所以話講完了我們就已擦身而過，我聽見那個男的在我背後小聲問：「他是不是妳的親戚？」

我走出老遠，才開始慢慢回味剛才的那一幕。我不曉得自己怎能如此輕鬆地處理掉這個場面。馬綿綿直勾楞瞪地看著我的樣子，眞像是遇見了鬼！我想她大概早已知道我每天都在偷瞄她。

這實在不算什麼。我對自己聳肩膀。馬綿綿穿著那條短裙子眞可愛。明天我依舊要偷瞄她，說不定我還會扔個紙團過去約她看電影。

我忽然吹起口哨，腳步變得輕快起來，頭也不痛了。

我想我們並不了解崔老師，也不了解牛肉乾，更不了解這個世界，我們才剛開始了解而已。如果我們盡力的話，也許終會發現這個世界並不壞。

我爬上天橋，過到寶慶路去搭公共汽車，剛走至半中腰，便看見那血紅的「四十八」從我腳下鑽過去，車上黑壓壓的滿是人。我立刻撒開大步，因為這可能是最後一班。

我才跳下天橋，車子就開走了，但我仍不停腳，仍在後面猛追，我一定要把它追上。

司機終於看見我，把車停下來，但我跑到車旁時，突然發覺我並不一定非要坐它不可，坐不坐實在沒有多大差別，我便一直跑過去。黑壓壓的乘客都瞪著我看，大概以為我是個神經病。我眞想叫他們下車來跟我一起跑，但我只把這句話存放在心底。他們下不下來也實在沒有什麼差別。

我只可惜小虎沒跟我在一起跑，我想小虎鐵很喜歡跟我一起跑。我倆以後還會有很多機會，小虎絕不願放棄的。

我跑過一個十字路口，沒理睬什麼紅燈綠燈，其實我已經沒有東西可追了，但我心裡仍然覺得自己要追上什麼東西，於是我就一直追，在那初春的星光夜風中，沿著大路一直追下去。

上帝的骰子

你在某個記憶遙遠的夏天來到小鎮。

你已搞不清那是八○年代還是七○年代，記憶早已退往混沌的歲月。

總之，那天你開著閃亮的轎車，車上坐著衣裝時髦的太太和玲瓏可愛的女兒。你只是路過小鎮，停下來買些飲料。你用可樂安撫住吵鬧的小鬼，自己則拿了罐冰啤酒。本來你喝完了就要上路，在這小鎮上留下一點垃圾，卻不打算留下一點懷念與痕跡。

你討厭這樣的小鎮，討厭這樣灰撲撲的建築，討厭這樣拙劣的招牌，討厭這樣土裡土氣的人，討厭這樣遍布台灣表面、卑微死板毫無特色的斑痂。

你站在車邊，望了望靠著前座打盹的太太。即使透過擋風玻璃，你仍可看見她翕動的鼻翼，或許甚至還可以看見她鼻孔裡的鼻屎。你拉開啤酒拉環，左右晃蕩了幾步，午後陽光洗得街道金黃金黃，你伸一下懶腰，耳中聽見清脆的響聲，好像破碎的風鈴墜落地面。

你在雜貨店旁邊的空地上發現幾個五、六十歲的老漢正聚在一起擲骰子。賭注很小，老漢們開心地閒聊著，骰子有一搭沒一搭地落在海碗裡。

你踱過去，觀望了一會兒，一名老漢咧嘴笑笑，邀你參加，你也笑了笑，雙手一攤，表示從沒玩過。

老漢們繼續遊戲，你則繼續觀望。啤酒喝完了，你仍沒離開，反而蹲下來加入遊戲。

空地周圍長滿了姑婆芋，陽光使海碗閃出圓潤的光澤，骰子如同四隻小狗，打滾、歡跳、翻肚皮，微風吹過草地，將「叮咚」脆響帶向遠方。

你脫去西裝上衣，跟老漢們一樣咧嘴大笑。你太太氣急敗壞地尋來，催促你上路，但你卻連理都不理。太太拉你、扯你，甚至破口大罵，你依然無動於衷。

那天你直賭到半夜十一點方才罷手。從空地邊緣屋子裡臨時牽出來的燈泡，掛在竹竿頂上搖擺，你意猶未盡，但老漢們終究散了。你一個人捧著海碗，叮叮咚咚地敲著骰子，走向鎮上唯一的一家破舊不堪的旅社。

你的太太和女兒萬萬想不到在她們的生命中竟會有一個晚上落腳於如此破爛的地方，都憤慨地在房間裡等你。

你女兒抱怨肥皀是黑色的，毛巾有尿味。你和你太太大吵一架，胸中甚至升起了揍你太太的衝動，但不行，你是高級知識分子，在高級的企業中擔任不算太高級的主管職務，住在不算太高級的別墅住宅區，同時還擁有一部不算太高級的進口車。所以不行，你不能有不高級的舉止行爲，你只能跟你太太吵一場沒有結果、溫吞吞的架。

你上床睡覺，腦中演奏著骰子的音樂，眼前跳躍著海碗的光澤。你一大清早便跑去空地，老漢們還沒來，你耐心等待，眼睛望向空蕩蕩的街道及路旁的檳榔園，也許你就在那時聽見了這輩子從未聽過的聲音。

你在都市裡住得太久了，你嚮往田園生活，雖然明知那是不切實際的念頭。你常常坐在客廳沙發上，從搬弄著無聊鬧劇的螢光幕裡看到青翠原野與瀑布激流，從老婆對著卡拉OK嘶吼的聲音裡聽到鳥叫蟲鳴。你明白這些都只是幻聲幻影。偶爾你會帶著老婆孩子到一些觀光勝地去滿足一下虛妄心理，你老婆卻一馬當先鑽進某家觀光大旅館，一進房間就扭開電視機，然後跑上陽台大叫「好漂亮的風景」，讓楊麗花在背後哀哭。她把清涼的空氣關在窗外，躺在冷氣機製造的空氣裡抽菸，把早餐叫到床上來吃，出門打起陽傘，不敢坐船，逼迫你開車沿著湖畔兜一轉，就算達成了遊山玩水的任務。

其實你一向都不反對這種調劑方式，但在那個並不吸引人的小鎮上的早晨，你確實聽見了許多聲音，模模糊糊，一如心臟底層遙遠的呢喃。

你又和老漢們閒賭，你看見你太太駕車載著女兒駛過空地邊緣，直奔台北方向。這正是你所期望的，對不對？你渴盼如此情景發生已有好多年了，可能就正從你結婚當天開始。你一揚手擲出一把「一色」，海碗裡一片紅點，好像節慶日施放的燄火。

你在小鎮上住下來，每天按時去空地報到，直賭到深夜才回旅社睡覺。你用不慣黑色的肥皀與尿味的毛巾，但不需多久便甘之如飴。旅社老闆娘從未招待過你這麼高級的客人，為了表示她的受寵若驚，在你太太離去後的第三天深夜，帶著對街裁縫店的老闆娘來見你。她說她的同伴想賺點外快，所以……。

你當然立刻回絕了這份榮幸。你認為這簡直是侮辱。那婆娘看起來如此傖俗，在別人幫她拉皮條的時候，竟還不知羞恥地齜出牙床呵呵笑，多肉的屁股在凳子上摩來摩去，一副等不及被人幹的樣子。

你從不假惺惺，你偶爾也會偷偷腥，甚至躲在廁所裡捧著《閣樓》雜誌摩摩擦擦，這些都不是見不得人的事。但你把她們兩個轟了出去，真正用轟的轟了出去。

你開始覺得這種生活有點齷齪，有點墮落，有點無聊，而你幼稚的反抗有何意義？你非常明瞭文明的價值與人類存在的目的，你在這裡同樣找不到「我是什麼」的答案。

翌日你決定離開，不屑地經過空地走向車站。你發現依舊聚在海碗周圍的老漢們實在有夠惹厭，你懷疑這些天究竟是怎麼跟他們相處的，但你忽然止不住手癢，想擲最後幾把玩玩。

你一抓就抓了個「十八」，再抓又是個「十八」，三擲還是一樣。你把骰子握在手裡，心中覺著莫名的感應，那聲音跟你第一天聽到的不同。你再擲三把，都是「十八」。你喉管苦澀，肌肉抽緊，第七次擲出骰子，老漢們立即驚嘆出聲。

你站起身來，嚴肅地說：「這證明了神的存在。」

你從沒相信過任何宗教，然而你一直相信世間蘊藏著某種神力。你打麻將時有很多規矩，不數錢、不撒尿、聽牌不抽菸，你和朋友討論風水與紫微斗數，經過廟宇也常會跑進去胡拜一氣，口中念念有詞。

這些都只是把戲，直到那天你才初次捉摸到神的長相。

你繼續待了下來。空地上的小場子炒熱了，圍在海碗旁邊的人愈來愈多，賭注也愈來愈大，老的、小的、男的、女的，整天川流不息，而你一定擲滿十二個鐘頭。

你根本不注意你的對手，你全神貫注在骰子撒出的弧度，落在碗底的角度，以及自己手腕、手指所用的力道與旋轉度。

骰子運行、翻轉、落定，有著常人不能了解的不規則的規則，即使當它們看似靜止下來的時候，其實仍在那兒騰騰跳躍。它們產生的磁場多麼微妙，它們相互之間的引力、電磁力、弱核力和強作用力，使得它們千變萬化，而又有軌跡可循。

星球的運行不正是如此？宇宙的規則在那裡？誰說宇宙不是上帝一甩手所造成的呢？上帝如果重擲一遍，宇宙會不會還是今天這種樣子，完全相同的機率有多少？又是誰阻止了上帝擲第二次呢？

你當然還不能夠解答這些問題，但你已逐漸能解答骰子與海碗的祕密。你只要一瞟人家揚手的姿勢，便幾乎能猜著出現的點數，你也逐漸掌握擲出大點的祕訣，只是有時肌肉不聽指揮，這是非常精細的動作，幾十條肌肉之中的任何一條出了差錯，擲出的點數便天差地遠。

你思考這些狀態，心知自己遲早能參透造化的奧妙。

你的一個同事卻遠從台北跑來打擾你。他是你最親近的朋友，帶來了他的勸告、你太太的警告和公司的最後通牒。

你覺得奇怪，是的，從來沒有這麼奇怪過。他們難道不明白，你在公司的職位可以交給隨便那一個人；你身為人夫人父的責任也可以交給隨便那一個人；你在這裡的位置卻是獨一無二的。

你把莫名其妙的朋友塞入車內，叫他順來時的路回去。

那天晚上你輸得很慘，你一心專注骰子的運行與變化，卻忘了什麼點數才會贏錢，你把你從台北帶來的錢輸得精光。你兀自賴著不走，想用拍巴掌來代替下注。一個名叫阿海的年輕人扯你起來，叫你滾蛋。

你說你是這裡的主人，你一手指天，一手指地，彷彿是「天上天下，唯我獨尊」的意思，然後你馬上看見一個方形的東西朝面門直撞過來。你鼻子一酸，眼前七彩閃爍，你倒在地下，好久才恢復神智。

海碗旁邊的人連看都沒看你一眼，你摀著鼻子爬起身，走離空地。你感到恥辱，但並不很強烈，你現在急於要做的是隨便到那裡去弄一點錢來翻本。

你在黑漆漆的地面上搜尋，希望能發現一兩張鈔票，你趴在早已打烊的店鋪門前一寸一寸地搜索，你絞盡腦汁思考身上有什麼東西可以變賣。

當你蹲在那兒幾乎絕望的時候，有一雙腳出現在你眼前。那是裁縫店老闆娘的腳。她同情地看著你，問你在幹什麼？

你說你在找錢。她說你在台北不是有很多錢？

你楞了楞，驚奇自己居然從未這樣想過。你搖搖頭，那已跟你沒有關係。

她問你想要多少，她願意借給你。你幾乎開不了口，最後才向她要求一塊錢。

她說她不知道你在這裡幹什麼，但你一定有你的理由，你剛來的時候是方的，現在卻好像已變成圓的，她再也想不到你竟會趴在地下尋找一個銅板。

她的語氣中有你從未聽過的溫柔，你卻被針戳了一下腦袋，你始終沒忘記骰子是方的。

你從她手中奪下一塊錢，如同捧著寶貝似地直奔空地，正好輪到阿海坐莊，你鑽進人堆，把一塊錢摜在地下，大家都笑了起來。

你瞪著阿海，說你要連贏他二十把。阿海也瞪著你，說你是瘋子。旁邊的人都瞎起鬨，阿海終於接受了你的挑戰。

你心頭篤定，忘了骰子有六個面，整座天體在你腦中運行，宇宙正是從極小的奇點開始的。你想像宇宙初始的大爆炸，光子、電子、中微子以極快的速度向八方擴散，時間與空間驟然啓動的一剎那。

你在毫無知覺的情況下連贏了十三把，面前的賭注已累積成八千一百九十二元。阿海臉色發白，大概沒想到區區一塊錢搞到後來竟變得這麼可怕，他已沒錢可賠。

你說沒關係，你還是要連贏他二十把，其中只要「走」了一把，就不算你贏。阿海果然像一頭待宰的豬，無論怎麼擲都擲不贏你，最後一把他擲出了十一點，歡喜得跳起來，大家都爲了你的功虧一簣而嘆息。你不動聲色地說：「神正是要讓你們知道祂的存在。」

你一揚手，四個六點一齊朝上。你說：「阿海，你一共輸了一百零四萬八千五百七十五元。這裡輸給我的只有八千多，其餘的一百零四萬就算是你通往宇宙祕密的貢禮。」

從那天開始，你成了小鎮的神。他們著迷於你揚手的架式，更著迷於你充滿玄機的語言。他們傳述你的話，宣揚你的事蹟，從不賭博的婦女小孩都湧到空地上來，只是爲了瞻仰你的丰采。

警察也來了，你的名聲侵犯了他們的權威。他們把你帶回局裡，加給你好幾條罪名，把你關進拘留所。

鎮民們火大了，全體出動包圍住警察局，搗毀了十八扇窗戶中的十七扇，警察只好放你出去。大家把你扛在肩上遊行，那一天放掉的鞭炮比十個新年還要多。

你在清晨回返旅社，站在窗前向對街的裁縫店老闆娘招手，你要還她那一塊錢。你幹得她大叫，你從來沒有這麼爽過，緊緊捧住她豐滿的屁股，一次又一次地往裡鑽，你對女人的欲望，終於獲得徹底的解決。

你神清氣爽，精力充沛，從早到晚不知疲累，如同永不停歇的宇宙膨脹。你不再探究骰子的轉動與弧度，那是不可理解的部分，你只需捕捉上帝的精神就夠了。

當你太太帶著離婚協議書來找你的時候，被你所處的狀態嚇了一跳。她無法用「好」或「壞」來形容你現在的模樣，她癡呆地坐在你對面，無謂地盤算如何在回台北之後向親友描述你淪落的慘狀，你則從她大張的嘴巴裡聞到了男人下體的味道。

你無知無覺地簽了字，讓出了台北的房子、車子、銀行存款和女兒。

那晚散局後，你仍然蹲著不動。你想起你的過往歲月，簡直跟夢一樣飄忽。你幾乎快忘了自己是從那裡來的，你念過的學校、待過的公司、才剛離去不久的太太的面貌，都像火車窗外飛馳而過的零碎站名，草屯、六龜、狗屎……它們不必有何連貫，一旦落在背後就如肥皂泡泡一般迸碎在玄祕的空間當中。

黑暗裡，阿海走近你，問你爲什麼煩惱。

你站起來，笑了笑。你說你總有一天要做一隻很大很大的海碗，和這片長滿了姑婆芋的空地一樣大，然後你用雙手捧起無數粒骰子，一古腦兒撒下去，那將是人類有史以來最壯觀的景象。阿海放聲大笑，說你眞是從所未見的大瘋子。但你認眞地說，在你有生之年一定要這樣做。

是的，我相信你總有一天做得到。

強盜世界

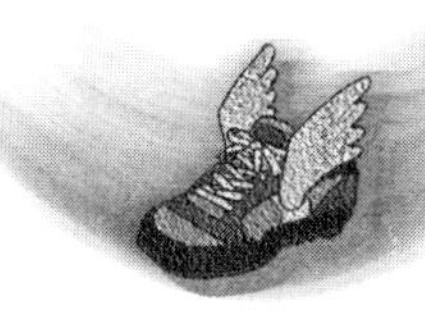

跨朝代大劫案

四名彪形大漢衝入上海「中國銀行」大門，高喊：「不許動！」齊從衣服底下掏出木殼槍。顧客尖叫不已，銀行職員紛紛臥倒。

唐川手提衝鋒槍，驀地由營業大廳的大理石柱後閃出，冷笑道：「終於逮住你們了！」衝鋒槍噴出火舌，打得對方四人血肉亂濺，但那些傢伙卻沒倒下去，反而咧嘴大笑：「你逮得到嗎？你逮得到嗎？」

唐川緊扣扳機，加強火力，卻總是發現自己緊扣著棉被角兒醒來，七十多歲的胸膛不停抽搐起伏。自從幾個月前在報上看到一家莫名其妙的電影公司宣布開拍四十七年前轟動全國的上海中國銀行六億元大劫案，噩夢就緊纏住他不放。

「什麼把戲這是？」日日夜夜，他氣憤地想著，在屋內來回踱步，終於鼓起勇氣，拜託尚在警界任職的老門生，安排他參加那部影片的試映會。

他的徒弟笑著說：「沒問題，我叫他們專門爲您老放一場，電影剛殺青，還沒上映，裡面有什麼地方演得不對，您老可以馬上叫他們修改。」

唐川聳然一驚，連忙說：「千萬不要告訴他們我是誰……」

不開竅的老徒弟這才了解他的心情，把他跟影評人安排在一起。

唐川耐心等待。他不曉得他們要怎麼演，不曉得他們懷著什麼用心，更不曉得他們會不會把自己也演進去。

這眞是一場災難。那一年那一刻的憂急、憤怒、疲累、希望與失望、榮耀與譏笑，全都一古腦兒翻湧了回來。他，唐川，上海警察局偵緝隊中最年輕的分隊長，無案不破的歹徒剋星，竟也有被難倒的時候。

唐川嚥不下這口氣。雖然橫亙了這麼許多年頭，汪精衛政權崩潰、重慶政權接收、共產黨渡江、國民黨遷台……，很多東西化成了灰燼，很多記憶拋入了歷史的深淵，唯獨這件案子一直掛在他心頭，像一塊一摳就痛的瘡疤。

「他們爲什麼又要來惹我？」在唐川偶爾昏瞶的腦袋裡，拍電影的狗傢伙們和搶銀行的狗傢伙們簡直一樣可惡。「搞毛了老子，用衝鋒槍把他們打得精光，混帳東西！」

試片間裡的噩夢

四名英俊瀟灑，身披黑風衣的帥哥，優雅地步入上海中國銀行大門。居中一名劃亮一根火柴，點燃了嘴中菸斗，另一名朝櫃檯內的女職員笑了笑，引得對方神魂顚倒。第三名嚼著口香糖，走到警衛背後，伸出食指頂住他的背脊，輕聲說：「老兄，You are under arrest！」

第四名則走到大廳中央，從衣服底下取出一柄彷彿蘇聯製的AK-47自動步槍，朝著天花板一陣掃射。水晶燈四散飛濺，燈泡爆出火花，落英繽紛，碎玉亂墜。

顧客尖叫不已，銀行職員紛紛臥倒。

口啣菸斗的首領慢慢踱到銀行經理面前，深深一鞠躬，將〇〇七手提箱放在桌上。「麻煩您將保險箱裡的鈔票裝滿這隻箱子。」

「嗯，這一幕拍得很討好。」漆黑窄小的試片間裡發出一聲出自影評人專業喉嚨的讚賞，唐川卻氣得快發瘋了，忍不住脫口叫了出來：「狗屁！亂演！」

身周響起一片噓聲，令唐川勉強安靜了一會兒，畢竟那是一九四四年的上海，服裝、背景、言談舉止，現在當然沒人搞得清楚。但這種作案手法……唐川緊握雙拳，努力克制自己，不停在心裡怒罵：「外行！比賊還笨！」

而銀幕上的劇情卻似要故意刺激他，愈演愈不像話，當他看到那四名帥哥竟是重慶政府派來的特務，搶劫銀行是為了擾亂汪精衛漢奸政府的金融秩序，唐川再也無法保持理智，猛地站起身子，大叫：「竄改歷史！胡說八道！混帳王八蛋！」

唐川完全不記得接下來發生了什麼事，只知道自己終於漸漸冷靜下來的時候，人已坐在另外一間屋子裡，身旁環繞著三個氣洶洶的傢伙。

居中那名頭頂微禿的中年人自稱姓何，是「翔雲電影公司」的老闆，右邊如同鋼筋工人一般粗壯的漢子正是這部電影的導演，另外還有一個架著眼鏡，瘦弱斯文的行銷企畫洪主任。

唐川恢復鎮定，拿出當年偵訊嫌犯的氣勢，把他們掃視了一轉，冷冷道：「你們挑這故事來拍，有何居心？說！」

那三人被唬得一楞，臉上的憤慨神情頓時沖淡了許多。何老闆問道：「您老人家有何高見？」

「我就是當年負責偵辦此案的分隊長。」

對方益發面面相覷，半晌說不出話。唐川又道：「細節上的錯誤，我也不多提了，但那些搶匪絕非英雄好漢或俠盜義賊，更不是重慶方面派來的間諜。這是一件典型的內外勾結的搶案，銀行職員一定有人牽涉在內，上海警察局裡也一定有人牽涉在內——當初我手上已握有線索，只要多給我一點時間，這件案子一定破得了。」

傅導演呆頭呆腦地問：「人家為什麼不多給你一點時間呢？」

唐川一巴掌拍得茶几上的菸灰缸翻了個身。「後來抗戰勝利了，偽政府垮台了，你懂不懂？什麼是抗戰你知不知道？」

何老闆頻頻擦汗，傅導演嘀咕不休，洪主任卻忽然仰天大笑。「棒透了！噱海了這回！」

唐川皺了皺眉。「小夥子，少在我面前吐黑話。」

其餘二人訝異地望著同伴，洪主任把座椅朝唐川挪近了些。「你聽我說，唐分隊長，電影嘛，我們一定照您的意思修改。」不理會何、傅二人驚得跳起來，他又繼續接道：「不過，咱們也想拜託您幫個忙，請您在新聞界的朋友面前敘述一下當年偵辦這件案子的經過……」

何、傅二人肚內暗叫「高招」，不料唐川卻立刻一搖頭。「這辦不到。」

洪主任又向他移近了些。「咱們來個交換條件，怎麼樣？」

「交換？你用什麼跟我交換？」

洪主任眼鏡片下閃動著妖異的光芒，輕聲說：「分隊長，這麼多年了，您難道不想破案？」

唐川腦中一陣暈眩，望著眼前比自己年輕了四、五十歲的小夥子，竟似突然矮了半截。

企畫萬歲！

謹招待一千名觀眾免費觀賞試片

中國有史以來最大搶案《上海中國銀行大劫案》，火爆刺激，空前絕後。

有意者只需附上近照及簡歷，即可獲得招待券乙張。

翔雲電影公司敬啓

各大報同時登出這則廣告，引得信件如雪片一般飛來。何老闆先前還曾對這法子提出質疑，但洪主任笑著說：「電影就是夢。這既然是探長的夢，也一定是搶匪的夢，只要那群搶匪中有人在台灣，多半會上鉤。」

上鉤的人的確不少，何老闆不得不臨時召募了十八個工讀生先行過濾，凡是年齡在六十五歲以下的統統扔進字紙簍。唐川審閱最後過關的資料，沒花多少功夫，便挑出了一張明信片。

何老闆接過一看，只見上面沒貼照片，經歷欄中則只寫著「台中萬年商職校工」。

「爲什麼懷疑是他？」

唐川一指籍貫欄裡的「上海」，又說：「劉擒虎這個名字很熟。而且，當年在上海警察局裡幹過的，來到台灣後多半在學校幹校工。」

「這麼浪費人才？」

「怎麼說呢？」唐川出了一回神，深深陷入不可排解的歷史糾紛之中，半晌才苦笑一聲。

「就算是替漢奸政府服務過的懲罰吧。」

見面總在四十七年後

四名身材矮小，以手帕蒙面的歹徒衝入上海中國銀行大門，爲首一名一言不發，從衣服底下掏出快慢機，猴子也似躍上櫃檯，槍口威嚇地左右一指。

顧客尖叫不已，銀行職員紛紛臥倒。

其他三人解下背上背負的十幾隻麻布袋，丟進櫃檯。「統統裝滿，快！」

劉擒虎猛個從過往回憶中醒轉，老猴子似地搔搔頸根，四下打量，搞不懂那些人叫自己傻呼呼的坐在會客室裡幹什麼。「看電影看到這裡來？混小子們搞什麼把戲？」不禁又擔心起「混小子們」拍的電影，不知道他們會把自己演成何等嘴臉。

當門推開的時候，他驚了一下，依照多年來的習慣，搓著雙手眼望別處。

「劉擒虎，」一個冰冷蒼老的聲音在他耳邊響起。「第三分隊的是不是？」

劉擒虎剎那間醒悟自己落入了圈套，乾癟瘦弱的軀體驀地繃緊得像一根隨時都會彈跳起來的機簧。唐川在他面前坐下，四十七年的夢魘公然降臨在兩個老人的中間，簡直就跟夢中一樣眞實。

「我找你找了好久了。」一陣空虛襲上唐川心頭，案子破了又怎麼樣呢？即使能把這個小老頭子關進監牢，又怎麼樣呢？

但空虛中仍然混合著愉悅，不是揭掉陳年老瘡的愉悅，卻是另一種由魔咒底下掙脫出來的愉悅。唐川忽然想通了，感到從所未有的解放，親暱地一拍劉擒虎的肩膀。「你放心，上海的法律在上海就已經死了，如今已沒有人能辦得了你，更不會有頑固的老笨蛋追著你不放。不過，你還是得出點力，爲了我，爲了你自己，爲了歷史的眞實，我們必須把眞相說出來，不能讓那些小子們亂演一氣。現在，你好好地告訴我做案的經過，你的同黨和贓款的下落。」

劉擒虎的口供

「唐分隊長，說老實話，我一點都不覺得抱歉，自從一九四五年八月十日大戰結束以後，我更連抱歉的對象都沒了，對不對？就像你說的，上海的法律在上海就已經死了，上海的一切都已經死了，這些年我心安理得得很，雖然偶爾做做噩夢……反正，這些都已不重要了，做案的經過也不重要了，就是這麼回事兒，膽大心細，嘿嘿……您老別生氣嘛……其實，我一直覺得很窩囊，沒錯，很窩囊，我幹了一件最窩囊、最划不來的搶案，六億元『中儲券』，六億！我的天，即使繁華如當年上海，也沒有幾個人擁有上億元的財產。咱們幹了那一票，都心想從今以後大富大貴了。我們很能忍，事前作業之精密、做案當時之果斷都遠不如事後隱藏形跡來得重要，我也是辦刑案的，當然了解這個道理。我囑咐他們一年之內萬萬不可有異常的舉動，一夥人照樣上班下班，連部自行車都不敢多買。從一九四四年十月到一九四五年八月，您瞧瞧，我們忍了多久，一年都快滿啦，眼看風聲愈來愈鬆，享福的好日子愈來愈近，卻不料，嘿嘿，兩顆原子彈一丟，日本投降啦。大戰結束啦，重慶贏了，咱們輸了。這倒好，重慶的人一來，立刻宣布二百元中儲券兌換一元法幣，這搞什麼啊？六億一下子就縮水成三百萬了，這搞什麼？莫名其妙！我們趕緊搶買物資——反正上海警察局整個都垮了，分隊長您，負責辦這件案子的，也被關到牢裡去了——我們那時已不怕被抓，只怕錢幣縮水，一個勁兒買進棉紗、黃金、美鈔、米穀，總算稍微穩住了陣腳，算算大概還有一億元的價值，又不料黃金、美鈔突然下跌，我們趕緊脫手，他娘的兩個月後它們又漲回來了……反正我也不說那麼多了，那時節，您也知道的，上館子吃碗麵都得囫圇吞，免得麵還沒吃完，麵價就漲了。尤其到了一九四六年以後，嘿嘿，貨幣貶值得比飛機還快，公司行號發薪水都是用麻布袋一袋一袋裝的，用鈔票買東西，店家那還耐煩數？拿根秤兒來用秤的，一斤鈔票換三斤米。您還記不記得那時米價最高高到多少？沒錯，一石三千萬，一張郵票一百萬。嘿！一百萬寄封信，如今的小夥子那想得到咧？總而言之，到了共產黨渡江，咱們各奔前程的時候，每個人手裡大約都只剩下兩萬美金了。咱們一夥五個，沒錯，五個，內外勾結嘛，四個下手行搶，另外一個是銀行職員。其中三個跑到香港，我和另一人跑到台灣，那老小子十幾年前就病死啦，菩薩保佑他……來到台灣，什麼都不敢買，那時一塊美金可以買五十坪地呢，偏我心裡想：買地發霉呀！到時候又跟上海一樣，連把泥巴都帶不走。不成，什麼都不買，還是美金最保險。我透過關係去學校當校工，所有剩下來的薪水全都換成美金，反正富翁的夢已經碎了，怨誰呢？戰亂人禍嘛……幾十年下來，美金的行情倒還穩，只是好像買不到什麼東西了。唉，這也沒關係，大不了跟當年一樣窮嘛……咦，對了，您不提，我還忘了有條尾巴，您是說前幾年那個什麼中美貿易談判是吧？那才叫莫名其妙咧，既沒天災，也沒戰禍，世界上什麼事都沒發生嘛，怎麼著，幾個老小子、洋鬼子湊在一起開個會，我僅剩的財產就一下子少掉三分之一。您老倒是評評理，這是什麼世界嘛？到底我是強盜，還是他們是強盜？誰能告訴我，我的六億元到底跑到那裡去了呢？」

記者會與事實

唐川出席記者會當天，特地穿起四十多年來唯一的一套西裝，人雖老，卻仍架式十足，何老闆、洪主任紛紛挑起大拇指。

唐川問：「電影修改好了嗎？」

洪主任忙答：「當然修改好了，首映典禮那天您老務必要參加。」

唐川安心地步入會場，主角只有他一個。按照「翔雲」的安排，探長與搶匪不宜一起露面，免招「太過戲劇化，眞實度可疑」之譏。因此劉擒虎的下落暫不透露，等到電影上演後的第三天，才向大眾宣布「半世紀前的搶匪大曝光」。

唐川並不在意也並不懂他們的生意經，他只想讓大家了解事實。他才一落座，一名年輕的影劇女記者就搶著發問：「請問你當年的職位？」

「上海市警察局偵緝大隊第五分隊分隊長。」

「請問你來到台灣後的職位？」

「幸福國小校工。」

記者們齊發一陣騷動。「怎麼差別這麼大呢？你是在開玩笑吧？你當年眞的是分隊長嗎？」

唐川耐心解釋：「我們的政府大概不願意重用汪兆銘政府底下的人。」一名年輕的男記者推了推眼鏡，忙問：「汪兆銘是誰？」

「汪兆銘就是汪精衛。」

女記者大嚷起來：「我知道他！國父遺囑就是他寫的嘛，對不對？」一面得意地環視同業。

眼鏡男記者仍然追問：「汪兆……汪精衛又怎麼樣呢？」

唐川無奈地說：「我本來並不想出席什麼記者會，但電影公司先前跟我有交換條件，要我來敘述一下當年偵辦搶案的經過……」

一名年紀稍長的男記者忽然想起什麼似的，忙說：「汪精衛是漢奸，所以政府不願意用漢奸手下的人。」

女記者又嚷嚷：「漢奸政府，我知道！電影《末代皇帝》裡頭演過的，總統是尊龍……不不不，是溥儀嘛。」

唐川啼笑皆非。「那是僞滿政府，不是汪僞政府。」

女記者瞪起眼睛吼：「還不都是一樣嘛，漢奸就是漢奸嘛！」

唐川耐不住火氣竄上心頭。「妳懂不懂歷史？」

「早就沒人關心那些鬼東西了。」女記者頭都不抬地說。

何老闆忙在一旁打岔道：「我們電影的故事背景是這樣的，對日抗戰的時候呢，日本人扶植汪精衛在淪陷區建立傀儡政府，所以嘛，搶案發生的時候，民國三十三年，那時上海還在僞政府的統治之下……」

女記者不耐道：「這還用你講？我又不是不懂歷史！」

年輕男記者責難地望著唐川。「這麼說，你也當過漢奸嘍？」

唐川胸中一陣悸動，當年重慶派來的接收人員的嘴臉，又活生生地浮現眼前。「我曾替僞政府做過事，」他第一百遍、第一千遍地說道。「但我不是漢奸，難道上百萬在淪陷區討生活的人都是漢奸不成？」

記者們互望了一下，沒啥興趣的樣子，唐川卻繼續有氣無力地喃喃：「他們硬要說我是漢奸，搜刮光了我的財產，還把我關了兩年半……」

「咦，你還坐過牢？」女記者振筆疾書，一面搖頭。「當過漢奸的坐過牢的探長，事情怎麼愈來愈複雜了？漢奸囚犯偵辦搶案，什麼的什麼？雞同鴨講。」

年輕男記者依舊嚴厲追問：「這些年你有沒有良心不安？你是怎麼思過悔改的？」

「我悔改什麼？請大家言歸正傳，我是來講搶案……」

「你居然沒有悔過之心？當你每天生活在台灣富裕的社會裡，當你每天享受愛國的人民辛苦獲致的經濟成果，當你每天面對青天白日滿地紅的國旗……」

唐川只覺自己不可抑制地顫抖起來。「國旗！好的，我愛我們的國旗，因爲汪精衛政府的國旗也是青天白日滿地紅。」

記者們又是一陣騷動，有人高叫「胡說八道」，另一名一直坐在後面不曾發言的記者突然站起來說：「這正證明了一件事，國民黨一向是一把刀兩面光，現在的國民黨與共產黨所用的也就是這種策略，可見兩岸統一行不通，統一只有斷送台灣人民的前途！」

記者們互相叫囂怒罵，年長的記者趕緊轉移大家的注意力：「談談你當年和日本人的關係。」

「我跟日本人沒關係。」

「怎麼會沒關係？你不是說你是漢奸嗎？」

「我沒說我是漢奸。」

「你有，你剛剛說……」

女記者忽然又鞭炮似地大嚷起來：「咦，漢奸是壞人嘛，對不對？那搶匪一定是好人嘍，對不對？」

記者們紛紛點頭。「不錯，有觀點。」一齊低頭猛寫。

女記者得意洋洋。「這麼說，搶匪都是英雄好漢，俠盜義賊嘛。嗯，我就是喜歡這種反派英雄、叛逆英雄，最過癮了！棒翻了！」

唐川氣得簌簌發抖，沒工夫注意在場任何一個人的表情，否則他一定會看到靜靜坐在角落裡的洪主任眼中正射出計謀得售的滿意光芒。

老肉餘生錄

唐川整整病了一個月，根本忘了日子是怎麼過的，直到劉擒虎提了半打參茸酒來拜訪他。

唐川親熱招呼，彷彿見到了失散多年的密友；劉擒虎更不見外，拉著他東長西短，還幫他把被子疊了，泡上茶。「老嘍，身體一定要注意喔。」一面如此嘮叨著。

唐川忽地想起。「你的記者會開得怎麼樣？」

劉擒虎笑得齜出牙齒。「開過啦，但我沒去。」

「小子，還是你聰明，那些記者氣死我了。」

「我在報上看到了，寫得亂七八糟到底在寫些什麼？根本沒提搶案嘛。」

唐川嘆口氣。「還是你聰明，當年我抓不到你是應該的。」

劉擒虎不好意思起來。「也……也不是這樣，是他們叫我不要去的。」

「誰叫你不要去？」

「電影公司的人哪。」劉擒虎摳了摳死雞一樣的瘦脖子。「他們說我不稱頭，不像個搶匪，電影裡面的搶匪都長得很漂亮，他們不希望我去破壞形象……」

「混蛋！」唐川氣憤地拍著桌子。

「您別說，演我的那個小夥子長得還眞帥，」劉擒虎搖頭晃腦。「聽說他去年才演過乾隆皇帝呢。」

「笨蛋！」唐川氣憤地拍著桌子。

「話說回頭，記者會還是舉行了，『半世紀前的搶案大曝光』，您沒瞧那個熱鬧勁兒，第二天的報紙更登得斗大，有些報紙還上了頭版呢。」

「等等，你把我搞混了，你不是說你沒出席記者會？」

「是啊，他們找了個長相挺好的老頭子來替代我……」

「什麼？」唐川跳了起來，又差點暈厥在地。

「我對他面授機宜了三個鐘頭，他就上陣啦，表演得還不錯，記者都拍手呢。」

「你混帳！」

劉擒虎委屈地一攤雙手。「不能怪我呀，誰叫我不上相呢？」

「唉，你……」唐川忽然一驚。「電影上演了沒有？他們不是要請我參加首映典禮嗎？」

「演了半個多月了，聽說賣座好得不得了，都快上億了。」劉擒虎猛地一楞，時光一陣錯亂。

「比我當年還好賺……」

「他們到底修改了沒有？」唐川不免狐疑起來，硬拖著劉擒虎直奔電影院。一看之下幾乎氣死，根本連半吋膠卷都沒動。但戲院內觀眾情緒沸騰，不斷大笑叫好。

「好久沒看到這麼棒的國片了。」唐川聽到身後的女孩再三向同伴發表意見。

散場後，唐川立刻撥了通電話給洪主任，破口大罵。

洪主任但只用鼻子發音：「電影就是夢。我們拍的是大家的夢，不是你們兩個的夢。」

「這是歷史！」

「歷史也是夢。」

「我要告你！派人冒名頂替出席記者會……」

「多謝您還要幫我們做宣傳，這種企畫高招當然多多益善。」

唐川掛掉電話。兩個老頭子默默並肩走在滿街人潮之中。唐川終於一搖頭，氣憤地說：

「眞是一群強盜。」

「沒錯。」劉擒虎堅決同意。「都是他媽的強盜。」

文學叢書 042

INK PUBLISHING

好個翹課天

作　　者　郭　箏
總 編 輯　初安民
責任編輯　高慧瑩
美術編輯　許秋山
校　　對　辜輝龍　高慧瑩

發 行 人　張書銘
出　　版　INK印刻出版有限公司
台北縣中和市中正路800號13樓之3
電話：02-22281626
傳真：02-22281598
e-mail：ink.book@msa.hinet.net
法律顧問　漢全國際法律事務所
林春金律師

總 經 銷　成陽出版股份有限公司
訂購電話：03-3589000
訂購傳真：03-3581688
http：//www.sudu.cc
郵政劃撥　19000691 成陽出版股份有限公司
印　　刷　海王印刷事業股份有限公司

出版日期　2003年10月 初版
ISBN 986-7810-54-6
定價　200元

國家圖書館出版品預行編目資料

好個翹課天／郭箏著.--初版,
--臺北縣中和市：INK印刻,
2003〔民92〕面；　公分（文學叢書；42）

ISBN　986-7810-54-6（平裝）

857.63　　92009881